KB164967

남극으로 걸어간 산책자

나를 걷게 해주신 어머니와 아버지,

그리고 잉리, 솔베이, 노르에게

남극으로 걸어간 산책자

✦ WALKING ONE STEP AT A TIME ✦

엘링 카게 지음 × 김지혜 옮김

다른

차례

Ⅰ

Ⅱ

'우리는 걷고 있다. 보통은 알아차리지 못하지만

우리는 계속해서 넘어지고 있다.

넘어지면서 한 걸음 한 걸음 더 앞으로 나아가고

쓰러지지 않기 위해 애쓴다.'

로리 앤더슨Laurie Anderson, 《넘어지며 걷기Walking and falling》

I

걷는 법

어느 날, 할머니는 더 이상 걷지 못하게 되셨다.

그날은 할머니가 돌아가신 날이나 마찬가지였다. 육체적으로는 그보다 좀 더 오래 사셨지만 수술을 통해 낡은 무릎 관절을 대체했던 새 인공관절마저 닳아버려 할머니는 더 이상 움직이지 못하셨다.

침대에 누워 지내는 동안 할머니의 근력은 하루가 다르게 부쳐갔다. 소화기관이 쇠약해지기 시작했고 심장박동도 느려졌으며 맥박도 불규칙해졌다. 폐가 들이마시는 산소의 양은 점점 더 줄어들어 마지막 순간이 다가올 즈음 할머니의 숨은 매우 가빠졌다.

당시 나는 두 딸과 함께 살고 있었다. 막내 솔베이는 13개월이었다. 할머니가 서서히 아기처럼 움츠러드는 동안 솔베이는 걸음마를 배우기 시작했다. 머리 위로 팔을 들어 내 손가락을 꼭 쥔 채로 솔베이는 거실 안을 아장아장 걸었다. 마침내 내 손가락을 놓고 스스로 걸음을 내디딜 때마다 딸은 위와 아래, 높고 낮음의 차이를 배웠다. 발을 헛디뎌 거실 탁자 모서리에 이마를 부딪치면서는 어떤 것들은 딱딱하고 어떤 것들은 부드럽다는 사실을 깨달았다. 걷는 법을 배우는 것은 아마도 우리 인생에서 가장 위험한 일일 것이다.

팔을 뻗어 혼자 힘으로 균형을 유지하게 되면서 솔베이는 곧 거실을 가로질러 걷는 위업을 달성했다. 넘어질지도 모른다는 두려움은 스타카토같이 짧게 끊어지는 걸음걸이를 만들어냈다. 딸의 첫걸음마를 지켜보며 아이가 마치 바닥을 움켜쥐려는 듯 발가락을 힘껏 편 모양에 놀라기도 했다. 칠레의 시인 파블로 네루다Pablo Neruda는 자신의 시 〈아이의 발To the Foot from Its Child〉에서 '아이의 발은 자신이 발임을 아직 몰라' 나비나 사과가 되고 싶어 한다고 썼다.

어느 순간 솔베이는 좀 더 자신만만하게 걸음을 내딛기 시작하더니 열린 테라스 문을 지나 정원으로도 나갔다. 아이의 맨발은 이제 실내 바닥을 넘어서 풀, 돌과 같은 자연을 밟게 되었고, 곧 아스팔트 길 위를 딛게 될 것이다.

딸의 기질, 호기심, 의지 같은 성격적인 면모들은 아이가 걸을 때 더욱 뚜렷해지는 것 같았다. 걸음마를 배우는 아이를 관찰하다 보면 세상에 탐험과 성취의 기쁨만큼 강렬한 것이 없다는 생각이 든다. 한 발 한 발 번갈아 내디디며 탐색하고 극복하는 일은 우리의 본성에 내재되어 있어서, 탐구의 여정은 우리가 어느 순간 마음먹고 시작하는 것이 아니라 이미 시작된 것을 서서히 멈춰가는 일에 더 가깝다고 할 수 있다.

할머니가 노르웨이 오플란의 주도 릴레함메르에서 태어나셨을 때, 그러니까 솔베이가 태어나기 93년 전, 사람들의 주요 이동 수단은 여전히 두 다리였다. 아주 먼 거리를 여행할 일이 있을 때는 기차를 탔겠지만 할머니가 릴레함메르를 벗어날 일은 그리 많지 않았다. 대신 세상이 할머니에게 다가왔다.

젊었던 할머니는 자전거, 자동차, 비행기가 오플란에서 대량 생산되기 시작하는 순간을 목격했다. 증조할아버지는 할머니에게 비행기를 구경하자며 노르웨이에서 가장 큰 호수 인 뫼사에 같이 가자고 말씀하시곤 했다고 한다. 할머니는 마치 어제 일어났던 일인 양 들떠서 그 시절의 이야기를 해 주셨다. 더 이상 하늘은 새와 천사만의 영역이 아니었다.

언어

호모 사피엔스는 걷기를 멈추지 않았다. 약 7만 년 전 동아프리카에 처음 등장한 이후부터 인류의 역사와 걷기는 떼어놓을 수 없는 관계였다. 두 발로 걷는 직립보행은 오늘날 우리 모든 것의 기초가 되었다.

호모 사피엔스는 아라비아반도를 거쳐 히말라야산맥을 올랐고, 아시아를 통해 동쪽으로 퍼져나갔으며, 얼어붙은 베링해협을 건너 아메리카에 이르거나 남쪽으로 이동해 오스트레일리아에 다다랐다. 서쪽으로 걸어간 무리는 유럽에 도착해 노르웨이까지 이르렀다.

걸어서 먼 거리를 여행한 이 최초의 인류는 더 넓은 지역에서 새로운 경험을 바탕으로 다양한 생존법을 터득할 수 있었다. 그들의 뇌는 다른 어떤 생명체보다도 훨씬 더 빠른 속도로 발달했다. 처음에는 걷는 법, 그다음에는 불을 피우고 음식을 만드는 법을 배웠고 그 후 언어를 발달시켰다.

인간의 언어는 인생이 하나의 긴 산책이라는 생각을 반영한다. 세계에서 가장 오래된 언어 중 하나인 산스크리트어의 과거 시제를 지칭하는 단어 '가타gata'는 '우리가 걸어온'이라는 뜻이며, 미래 시제를 지칭하는 '아나가타anāgata'는 '우리가 아직 걷지 않은'이라는 뜻이다. '가타gata'는 '걸었다'라는 뜻의 노르웨이어 '고트gått'와 관련이 있기도 하다. 산스크리트어에서 현재 시제를 지칭하는 단어 '프라티유트판나pratyutpanna'는 말 그대로 '우리 바로 앞에 존재하는 것'이라는 뜻이다.

침묵

지금까지 기억도 할 수 없을 만큼 많은 걸음을 걸어왔다.

짧은 산책일 때도, 긴 여행일 때도 있었다. 마을과 도시, 낮과 밤을 가리지 않고 걸었고, 연인, 친구 들과 함께 걸었다. 깊은 숲을 지나 큰 산을 넘었고, 눈 덮인 평원을 가로질렀고, 도시 정글을 헤치며 걸었다. 지루함을 느끼기도, 희열을 느끼기도 하며 걸었고, 문제를 피하려고 걸었으며, 고통 속에서 혹은 행복 속에서 걸어왔다. 장소와 이유를 불문하고 나는 걷고 또 걸었다. 말 그대로 세상의 끝까지 걸어보기도 했다.

이 모든 걷기는 각각 다른 모습이었지만 돌이켜봤을 때 하나의 공통분모는 내면의 침묵이었다. 걷기와 침묵은 한 쌍이다. 걷기가 구체적인 것만큼이나 침묵은 추상적이다.

가족을 이루기 전에는 걷는 것이 왜 중요한지 전혀 의문을 가져본 적 없다. 하지만 아이들은 답을 원했다. 차를 타면 더 빠른데 왜 걸어야 해요? 어른들도 질문을 했다. 한 곳에서 다른 곳으로 '천천히' 움직이는 것이 무슨 의미가 있나요?

나는 걷기의 본질인 느림과는 정반대로 빠르고 쉽게, 분명한 답변을 하려고 노력했다. 걷는 사람이 장수한다고, 걸으면 기억력이 좋아진다고, 혈압이 낮아지고 면역력이 높아진다고 말이다. 하지만 그런 말을 할 때마다 나는 그것들이 진실의 절반에 불과하다는 생각을 하지 않을 수 없었다. 걷기는 비타민 광고에서 볼법한 효능 목록보다 훨씬 광범위한 효과가 있다. 그렇다면 진실의 나머지 절반은 무엇일까?

한 발 앞

우리는 왜 걷는가? 우리는 어디서부터 걷기 시작해 어디로 가는가? 우리는 모두 각자의 답을 가지고 있다. 내가 다른 사람과 나란히 걷는다고 해도 우리는 그 걷기에 대해 완전히 다른 경험을 할 수 있다.

신발을 신고 생각이 자유롭게 흐르도록 하고 나면 한 가지는 분명해진다. 한 발을 다른 한 발 앞에 두는 것이 우리가 하는 가장 중요한 행위라는 것이다.

이제 걸어보자.

II

속도

걸을 때는 모든 것이 더 느리게 움직이고 세상이 더 유연해진다. 잠깐이지만 집안일, 약속, 읽어야 하는 원고 등에서도 자유로워진다. 자유인은 시간을 온전히 누린다. 가족, 동료, 친구의 의견이나 기대, 기분도 몇 분 혹은 몇 시간 동안은 영향을 미치지 못한다. 걸을 때는 내가 삶의 중심이 되고, 곧이어 나 자신도 완전히 잊어버리게 된다.

한 지점에서 다른 지점까지 여덟 시간에 걸쳐 이동하는 것보다 같은 여정을 두 시간 만에 끝내는 것이 훨씬 경제적이라는 것은 누구나 아는 사실이다. 다만 수학적으로는 그렇지만 내 경험상으로는 그렇지 않다.

내게 속도와 시간은 동시에 가속된다. 여행 속도를 높이면 시간이 더 빠르게 낭비된다. 한 시간이 실제 시계의 한 시간보다 짧아지는 것 같다. 바쁘게 움직일 때는 주위를 둘러보기도 어렵다.

산을 향해 '달리는' 차 안에서 밖을 바라보면 작은 연못, 비탈, 바위, 이끼, 나무는 사방으로 빠르게 사라진다. 바람, 냄새, 날씨, 빛의 변화를 볼 수 없으며 발이 아파오지도 않는다. 모든 것이 희미한 덩어리로 지나갈 뿐이다. 삶도 그렇게 빠르게 지나가고 짧아진다.

속도가 빨라지면 짧아지는 것이 삶뿐만은 아니다. 공간 감각과 거리 감각도 그렇다. 차에서 내려 문득 정신을 차려보면 나도 모르는 사이 산기슭에 서있을 때도 있다. 멀리 여행을 가면 꽤 많은 경험을 한 듯한 느낌이 들 수도 있지만 실제로도 꼭 그렇지는 않다.

그러나 같은 길을 '걷는다면' 이야기가 달라진다. 꼬박 하루를 보내며 잠깐씩 쉬어가기도 하고, 주변의 소리를 듣고, 발밑의 땅을 느끼며 걷기에 온 힘을 쏟으면, 그날 하루는 전혀 다른 날이 된다. 산이 조금씩 앞으로 다가오고 사물이 점점 커진다. 주변 환경에 익숙해지려면 시간이 걸린다. 우정을 쌓는 일과 비슷하다. 가까이 다가갈수록 조금씩 변하는 산의 모습을 보다 보면 정상에 다다를 무렵에는 산과 친한 친구가 된 듯하다. 눈, 코, 귀, 어깨, 배, 다리가 모두 산에게 말을 걸고, 산은 대답한다. 시간은 돌아가는 시곗바늘과 상관없이 길어진다.

걸을 때 삶은 길어진다. 이것이 바로 두 발로 걷는 모든 사람이 가진 비밀이다. 걸을 때는 시간이 더디게 흐른다.

불편함

두 가지 이상의 대안이 있으면 대체로 가장 쉬운 선택지를 고르게 된다. 가장 적은 시간이 걸리는 것, 가장 편한 것, 가장 따뜻한 것. 다른 선택이 더 나을 수 있다는 것을 알 때도 마찬가지다. 침대에서 일어나 다시 잠자리에 들기까지 가장 어려움이 적은 길만 선택하는 날도 있다. 사실 하루하루가 대부분 그런 날이라는 게 부끄럽기도 하다.

삶을 조금 불편하게 만드는 것들이 우리 삶을 풍요롭게 한다. 침대에서 일어나야 할 때 뭉그적대고, 계획보다 짧은 산책을 하고, 아픈 친구의 병문안 대신 카페에 가라고, 가장 쉬운 길을 선택하라고 끊임없이 속삭이는 악마는 오랫동안 내 곁에 있었다. 일단 차를 타고 돌아다니는 데 익숙해지면 다른 수단과 비교할 수 없는 그 편리함을 거부하기란 어렵다.

계속해서 이런 내면의 목소리를 따르는 것은 세상으로부터 숨는 일이며 삶이 우리에게 주는 기회를 놓치는 길이다. 철학자 마르틴 하이데거Martin Heidegger는 우리가 쉽게 이런 사악한 유혹의 노예가 되곤 한다고 지적했다. 유혹에 굴복하다 보면 우리의 두 다리는 깊고 질척한 늪에 단단히 박혀 움직이기 어렵게 된다. 하이데거는 삶을 '사는to live' 것과 '이끌어나가는to lead' 것의 차이를 구별했다. 하이데거가 주장했듯 인간은 자유로워지기 위해 자신에게 책임을 지울 줄 알아야 한다. 늘 어려움이 적은 대안을 선택하다보면 그 길만을 항상 우선시하게 된다. 그렇게 되면 선택은 예측 가능해지고, 우리는 자유롭지 않을 뿐만 아니라 무미건조한 삶을 살게 된다.

요즘은 삶의 많은 것이 빠른 속도로 지나간다. 세상에서 속도가 가장 느린 일인 걷기는 그래서 우리가 할 수 있는 가장 큰 반란이다.

미지

누군가에게 잘못된 방향으로 걷거나 일부러 길을 잃으라고 권하는 사람은 없을 것이다. 하지만 나는 그런 조언이 때때로 삶에 도움이 될 수 있다고 생각한다.

1987년, 나는 여자친구와 함께 요툰헤이멘 산지를 도보로 여행하며 노르웨이에서 세 번째로 높은 산인 스토르 스카가스퇼스틴을 등반했다. 노련한 산악인이었던 여자친구가 앞장서서 길을 이끌었는데 당황스럽게도 정상에 다다르자마자 짙은 안개와 진눈깨비가 우리 앞을 가로막았다. 설상가상으로 사방에 가파른 절벽이 펼쳐져 있어 시야가 확보되지 않은 상태로 더 걷는 것은 무리였다.

어쩔 수 없이 우리는 정상의 좁은 고원에서 텐트도 침낭도 없이 밤을 보내야 했다. 제자리에서 뛰고 팔을 내저으며 체

온을 유지하기 위해 애썼지만 온몸이 꽁꽁 얼어붙는 듯한 추위는 가시지 않았다. 하지만 이 너무도 극적이었던 밤은 편안했던 다른 모든 밤보다도 더 특별했던 시간으로 기억된다.

다음 날 해가 뜬 후 안전한 곳으로 하산하기 위해 서로 도우며 우리는 어둠 속에서 보냈던 시간이 서로를 더 가깝게 해주었다는 것을 깨달았다. 나는 그 등반 여행을 여전히 우리가 함께했던 가장 행복한 경험 중 하나로 기억하고 있다.

나는 워낙 일상처럼 길을 잃곤 해서 어쩌면 내가 미지의 것들을, 내가 어디 있는지 모른다는 작은 미스터리를 즐기고 있는 것이 아닐까 하고 생각할 때도 있다. 구글 지도를 사용하면 내가 어디 있는지 언제나 알 수 있지만 종종 주변 환경보다 스마트폰 화면을 더 많이 들여다보게 된다. 스마트폰을 놓고 고개를 들어 주변을 볼 때 나는 비로소 존재한다. 세상은 점점 커지고, 이웃, 도시, 숲에 대해 더 많이 알게 된다.

어린 시절 남동생 군나르와 외스트마르크카 숲에서 길을 잃은 적이 있었는데 그때 동생은 이렇게 말했다. "예전에도 여기서 길을 잃었어. 그래서 지금은 우리가 어디 있는지 알아."

걷지 않는 사람들

교도소에 갇힌 사람이 가장 적게 움직인다고 생각하기 쉽지만 꼭 그렇지만은 않다. 영국 아이들 4분의 3은 영국 교도소 수감자보다 야외에서 보내는 시간이 적다. 5분의 1은 하루 대부분을 실내에서 보내며 9분의 1은 1년 내내 공원이나 숲, 해변 등에 발도 들이지 않는다. 아이들은 대부분 실내에서 여러 형태의 화면을 보며 시간을 보낸다.

〈가디언Guardian〉의 보도에 따르면 많은 영국 부모가 야외에서 뛰노는 것의 중요성을 잘 알고 있음에도 자녀를 밖으로 내보낼 수 없다고 대답했다. 실내에만 머물면 계절, 생태, 태양, 비, 산책로, 우리가 발딛고 선 곳의 경이로움을 즐길 수 없다.

영국에서의 야외 활동은 사회계층과도 관련이 있다. 야생조류와습지재단Wildfowl and Wetlands Trust(WWT)이 실시한 2016년 연구에 따르면 빈곤층 아이가 밖에서 더 적은 시간을 보낼 가능성이 훨씬 높다.

심각한 빈곤 문제를 겪는 도시에서는 부자가 길거리를 걷지 않음으로써 가난한 사람과 구분되는 상황을 보게 된다. 인도 델리에는 겨울마다 짙고 텁텁한 스모그 현상이 나타난다. 부유한 사람은 고농도의 매연, 미세먼지, 오존 등으로 오염된 외부 공기를 피해 실내에 머무르고, 그렇지 않은 가정의 아이는 아침마다 얼굴을 가린 채 학교로 걸어간다. 2015년 인도에서는 대기오염으로 100만 명이 사망했다고 한다.

관찰

집 현관문에서 일흔다섯 걸음쯤 걸으면 참나무 한 그루가 나온다. 나는 이 나무가 한 해 동안 어떻게 변해가는지를 안다. 동트기 전 희미한 빛을 받고 선 나무는 괴물처럼 보이지만 낮이 되면 이전보다 평화로워 보인다. 나무껍질 안과 무성한 잎에는 수많은 곤충, 곰팡이, 지의, 이끼 등이 각자의 생명력을 뽐내며 독립적인 생태계를 이루고 있다. 봄에는 잎이 자라고 다양한 색을 뽐낸다. 500년을 살고 난 후 완전히 죽는 데 다시 500년이 걸린다는 전설이 있기도 한 참나무는 바람이 불 때마다 꽃가루를 흩뿌린다. 비록 눈으로 볼 수는 없지만 나는 바로 이 순간 나무에 수액이 오른다는 것도 안다.

출퇴근 시간, 운전을 할 때 보이는 것은 지나치게 천천히 움직이는 앞차, 고개를 숙이고 스마트폰에 눈을 고정한 채 갑자기 차 앞으로 튀어나오는 보행자 등이다. 짜증스러운 풍경이다. 같은 차선에서 꼼짝 못 하는 다른 차들의 운전자를 관찰할 때도 있다. 나처럼 교통체증에 갇혀 시간을 낭비하는 그들의 모습에는 불만이 가득하다. 지금까지 출퇴근 시간 교통체증을 겪으며 행복해하는 운전자는 한 번도 본 적이 없다.

운전석에 앉아 터널이나 고속도로를 빠르게 지나갈 때면 모든 것이 평소와 똑같이 보인다. 목적지에 도착했을 때도 무언가를 경험했다는 느낌이 전혀 들지 않는다. 빠른 속도는 기억에 방해가 된다. 기억을 좌우하는 시간과 공간 인식이 빠르게 움직이는 차 안에서는 제한되기 때문이다. 라디오에서 흘러나오는 목소리나 음악도 그저 소음처럼 느껴진다. 히트곡들은 전부 비슷비슷하게 들리고, 뉴스도 마찬가지다. 자신감 넘치는 목소리들이 아침부터 무언가를 주장하고, 점심시간이면 더 크고 자신감 넘치는 목소리들이 또 다른 것을 주장한다.

"꼭 정신 나간 사람처럼 무언가에 쫓기듯 이 아름다운 세상 속 풍광과 사물을 정신없이 지나치는 것을 어떻게 즐거움이라고 할 수 있는지 나는 전혀 이해할 수 없다." 이처럼 스위스의 작가 로베르트 발저Robert Walser는 산문 《산책The Walk》에서 무언가를 경험하지 않은 채 한 장소에서 다른 장소로 이동하고자 하는 욕망을 어리석다고 이야기했다.

여름날, 참나무 잎의 윗면은 짙은 녹색에 다양한 음영을, 아랫면은 거의 푸른색에 가까운 녹색의 옅은 빛을 띤 채 반짝인다. 꽃송이는 아주 작아서 일부러 찾아봐야 한다. 그마저도 가까이 다가가 살피지 않으면 보이지 않는다.

마치 절대 잊지 말고 꼭 관찰하라고, 참나무가 내게 말하는 것 같다.

갈망

아버지와 마을을 돌아다니며 전단지를 돌리던 기억이 나의 어린 시절의 첫 번째 풍경이다. 아버지는 지역 정치 참여에 적극적이셨다. 우리는 저녁 내내 수백 개의 우편함에 전단지를 꽂아 넣었다. 종종 전차를 타고 지나다녔던 길을 걸어서 움직이니 거리가 더 길어진 듯했다. 전차 창가에 앉아 주변 환경을 단순히 받아들이기만 하다가 같은 길을 직접 걸으니 세상이 훨씬 더 크게 느껴졌다. 무릎의 힘줄이 불끈거렸다. 내 몸, 주위 환경, 상상력이 모두 연결된 듯한 기분이 들었다. 멀리까지 걷고 싶다는 환상은 사라지지 않았지만 그날 밤 나는 거리, 그리고 걷기의 힘겨움에 대해 조금 이해하게 되었다.

그때부터 베스트리와 모르텐스루드에서부터 홀름리아, 뢰아, 홀멘콜로센까지, 이곳 오슬로 인근 지역들을 산책해왔다. 내가 사는 도시의 타인은 어떻게 사는지를 알고 싶었다. 평일 저녁과 주말마다 산책하며 오슬로에 대해 많은 것을 알게 되었다. 이제는 누군가가 푸루세에 대해 이야기하면 단순히 지하철역 중 한 곳이 아니라 역 주변의 빌딩, 모스크, 교회, 초대 UN 사무총장 트뤼그베 리Trygve Lie의 보기 흉한 동상 등을 떠올리게 된다. 다음 프로젝트는 내 발이 닿는 장소들을 중심으로 반경 2~8킬로미터 정도의 원을 그린 후 그 둘레를 따라 걸어보는 것이다.

눈으로 발견하는 것을 내면으로 탐구하는 여정이라고도 할 수 있다. 우리는 걸을 때 지나치는 건물, 얼굴, 표지판, 날씨, 대기 등에 영향을 받는다. 설령 도시에 살고 있더라도 우리는 걷기 위해 존재하는지도 모른다. 걷기는 냄새, 소리, 빛, 움직임, 겸허함, 호기심 그리고 (멀리까지 걷을 때는) '갈망'이 모두 결합한 행위다. 무언가에 닿기 위해 손을 뻗지만 찾을 수 없는 느낌. 포르투갈과 브라질 사람들은 이런 갈망을 '사우

다지saudade'라는 단어로 표현한다. 사랑, 고통, 행복을 아우르는, 한마디로 번역할 수 없는 단어다. 즐겁지만 우리를 방해하는 어떤 생각일 수도, 괴롭지만 우리 내면을 충만하게 해주는 어떤 것일 수도 있다.

발견

아침에 집에서 시내로 나갈 때면 내면의 무질서가 느껴진다. 내 생각과 욕구는 침대에서 부엌으로 그리고 아이들의 점심 도시락을 싸는 일로 옮겨갔다가 책을 만들고 팔고 싶어 하는 동료들에게로 가닿는다. 걸을 때면 서로 다른 이 두 세계, 하나의 현실에서 다른 현실로 옮겨갈 수 있도록 준비할 시간을 추가로 얻은 듯한 특별한 기분이 든다.

걸으면서 우리는 언제든 원할 때 멈춰 주위를 둘러본 후 다시 걸을 수 있다. 처음 걷기 시작할 때는 혼돈이 모든 것을 지배하고, 걷는 도중에는 머릿속의 복잡한 생각과 몸에서 느껴지는 불안감이 요동친다. 작지만 확실한 무질서 상태다. 그러나 걷는 동안 이 모든 것이 서서히 사라졌다가 도착할 때쯤이면 제자리를 되찾는다.

지하철이나 차를 타고 시내로 나갈 때는 가정에서 도시 생활로의 전환이 급격하게 일어나 집에서의 삶에서 완전히 분리되어 나오기 힘들다. 그럴 때는 가정생활을 짊어진 채 직장으로 출근하는 느낌인 데다 하루의 끝에는 다시 집에서의 생활에 초점을 맞추기 위해 애써야만 한다.

매일 아침 출근길에 큰 설렘까지는 아니라도 약간의 기대감을 품고 집을 나선다. 그리고 신기하게도 생각을 잠시 멈추거나 신경 써 관찰할 만한 흥미로운 것이 늘 눈앞에 나타난다. 집과 직장의 거리는 약 3킬로미터인데, 어떻게 보면 꽤 짧은 거리지만 그래도 500미터보다는 분명 낫다고 생각한다. 귀중한 것이 길 위에 놓여 있다면 누군가가 이미 주워 가고 없을 것이므로 길에서 가치 있는 것을 발견하기란 매우 어렵다는 오래된 철학적 역설이 있지만 주위를 둘러보면 어디에나 가치 있는 것들이 있다.

사람들을 구경하는 설렘이 그중 하나다. 시내를 걸을 때면 소소한 감상이 마음속에 자리 잡는다. 오슬로의 발키리 플라스 역 앞 젖은 인도에 앉아 장애가 있는 아이의 사진을 무릎

위에 두고 스타벅스 컵을 내밀며 구걸하는 루마니아인 곁을 지나는 순간은 마음 한 켠의 불편함 탓에 영원처럼 느껴진다. 모르는 얼굴들이 빠르게 스쳐 지나간다. 이어폰으로 음악을 듣는 행복한 얼굴도, 건물 옥상에 저격수가 숨어있는 상상이라도 하는 듯 불안하거나 기운 없어 보이는 얼굴도 있다.

전날 같은 시간에 걸었던 거리라도 같은 것은 하나도 없다. 내가 걷는 새로운 날마다 참나무는 조금씩 변했고, 건물 옆면의 그림들은 좀 더 흐릿해졌으며, 24시간 전에 만났던 얼굴들은 좀 더 나이 들었다. 이런 변화들은 아주 미묘하고 아주 느리게 일어나기 때문에 매일매일 알아차리기란 쉽지 않다. 하지만 나는 걷기 때문에 변화를 알아볼 수 있다.

여름에는 북극점이 태양 쪽으로 기울어 거의 24시간 밝은 상태가 유지된다. 무지개의 모든 색을 구별하기도 쉬워진다. 워낙 선명해 압도적일 정도다. 늦가을쯤 되어 지구의 반이 그늘 속에 있으면 어둠의 시간이 온다. 하지만 그때도 해가 낮게 드리워질 때면 다양한 색조의 파랑, 보라, 빨강, 검정, 노랑 등을 볼 수 있다. 단지 여름보다 좀 더 관심을 기울여야 할 뿐이다. 여름의 색은 힘들이지 않고 발견할 수 있지만 겨

울의 색은 주의를 기울이지 않으면 보이지 않을 때도 있다. 흐릿한 빛을 몇 분간 가만히 들여다보면 온갖 종류의 빛이 눈앞에 펼쳐질 것이다. 여름보다 더 풍성해 보이는 빛이다.

충분한 에너지가 남아있을 때는 지나쳐 가는 사람들의 생각이나 그들이 마주하게 될 일들을 마음속으로 그려보기도 한다. 야구모자 아래 누군가의 지친 시선을 따라가거나 왜 저 여성이 조용히 혼자 웃는지를 상상해볼 시간은 단 몇 초뿐이다. 오후에는 당황한 듯 서두르는 사람들이 보인다. 아마도 어린이집이 끝나기 전 자녀를 데리러 가려는 부모들이 아닐까 하고 추측해본다. 어떤 기분일지 공감이 된다. 아니면 그저 어딘가로 바삐 가거나 약속 시각에 늦어 스트레스를 받는 사람들일지도 모르겠다.

옷은 많은 것을 말해준다. 비싼 양복을 뽐내며 말끔하게 머리를 손질한 남자들은 로펌으로 출근하는 변호사들 같다. 요가 강사들도 나름의 옷차림이 있다. 사제복을 입은 성직자들은 의례적인 걸음걸이로 걷는다. 아마 평상복을 입었을 때도 크게 다르지는 않을 것이다. 군 장교인 내 이웃이 민간인 복장

일 때도 군인의 모습으로 걷는 것과 마찬가지다.

나는 얼마나 자주, 범람하는 거리에서
군중 속에 섞여 앞으로 나아가며
혼잣말했던가. '내 곁을 지나는
모든 이의 얼굴이 수수께끼라.'

윌리엄 워즈워스 William Wordsworth, 《서곡 The Prelude》

하얀 운동화

시내를 걸을 때 신을 흰색 테니스화를 샀다. 흰 밑창에 흰 가죽으로 된 신발이다. 우리 조상들이 진흙으로 질척이고 먼지가 흩날리는 아프리카의 대초원을 떠나 북쪽으로 향한 이후 무려 2,000세대가 지난 오늘날, 노르웨이에서는 사무실 카펫 바닥도 집 안 바닥도 수시로 청소하니 먼지가 거의 없다. 인도 역시 쓸고 닦을 뿐더러 지하철과 전차도 매일 깨끗하게 관리된다. 오슬로에서는 종일 걸어도 새 운동화의 깨끗한 흰색이 그대로 유지된다.

느림

밀란 쿤데라Milan Kundera는 소설 《느림Slowness》에서 "느림과 기억 사이, 빠름과 망각 사이에는 비밀스러운 관계가 있다"라고 썼다. 이 문장 속에서 나는 나의 모습을 봤다.

쿤데라는 잊어버린 무언가를 기억해내고자 애쓰며 길을 걷는 한 남자를 묘사한다. 이 순간 남자는 무심코 속도를 줄인다. 불쾌한 경험을 잊으려 애쓰는 또 다른 남자는 그 기억으로부터 벗어나고 싶다는 듯 무의식중에 속도를 높인다.

쿤데라는 실존 수학existential mathematics이 있다면 이런 현상이 다음과 같은 두 개의 방정식으로 정리될 것이라고 말한다. '느림의 정도는 기억의 강도에 정비례하고, 빠름의 정도는 망각의 강도에 정비례한다.'

쿤데라는 기억과 망각을 넘어서는 무언가를 직면하고 있

다. 어떤 속도로 걷느냐에 따라서 우리가 생각하는 방식이 달라질 수도 있다. 나는 쿤데라의 방정식에서 '기억'을 '지능'으로 대체해봤다. 기존의 경험을 새로운 상황에 적용하는 능력뿐 아니라 추상적으로 사고할 수 있는 능력도 지능이라고 본다면 쿤데라의 방정식이 적용될 수 있다고 생각한다.

감정은 지능보다도 더 이해하기 어렵지만 이 둘을 쿤데라의 방정식에 대입해보는 것은 내게 의미 있는 연습이었다. 빨리 걸을 때는 감정이 멀리 있지만 속도를 줄이면 다시 돌아온다.

속박

걷는 동안에 중요하지 않은 생각과 경험, 매우 중요한 생각과 경험은 한데 뒤섞인다. 재미있는 것과 진지한 것에 같은 무게감을 두기도 한다.

로베르트 발저의 《산책》 속 주인공인 이름 없는 작가는 산책이 자신을 "기운 나게 하고, 위안이 되고, 즐겁게 한다"라며 "집에만 있으면 비참하게 말라 죽어 썩을 것"이라고 세무 관리의 말에 대꾸한다. 한편 세무 관리는 주인공이 덜 걷고 세금은 더 많이 내야 한다고 생각한다. 이름 없는 작가는 글을 쓸 재료를 모으는 데 산책이 중요하다며 세무 관리를 설득한다. "산책하는 사람은 무한한 사랑과 주의력을 갖추고 어린아이, 개, 파리, 나비, 참새, 벌레, 꽃, 남자, 집, 나무, 울타리, 달팽이, 생쥐, 구름, 잎사귀 등 사소하고 작은 생명체까지, 그

뿐 아니라 어느 귀엽고 사랑스러운 아이가 태어나 처음으로 연습한 서툰 글자들이 써있을지도 모르니 누군가가 구겨서 던져버린 너절한 종잇조각까지도 모두 놓치지 않고 관찰하며 연구해야 합니다." 글을 쓰는 사람으로서 나는 이 주인공의 말이 어떤 뜻인지 이해한다. 세무 관리는 주인공의 논리에 귀를 기울인 후 그의 설명에 감사를 표한다. 이 이름 없는 작가가 세무 관리를 설득했는지는 절대 알 수 없지만 오늘날 새로운 세대는 더 오래 앉아 더 열심히 일하고 경력을 쌓는 세무 관리의 이상에 맞춰 사는 것 같다.

《산책》의 주인공은 걸을 때 '살아 움직이는 시'를 경험하지만 내게 그 정도의 관찰력은 없다. 때로는 시간이 아깝다는 생각에 걸으며 통화를 하거나 문자 메시지를 보낼 때도 있다. 이럴 때 걷기는 단지 이동수단일 뿐이다. 사실 30분 정도는 기다려도 전혀 상관없는 일들인데, 내 가치를 과대평가하며 나 자신조차 속이는 일이다.

심지어 2,500여 년 전에도 노예 신분의 우화 작가 이솝Aesop이 여러 가지 일을 동시에 해야만 하는 인류의 모습을 풍자하기도 했다. 수필가 미셸 드 몽테뉴Michel de Montaigne에 따르면 이솝은 주인과 함께 산책하다 주인이 소변을 보는 모습을 보고는 이렇게 말했다. "그럼 이제 우리는 달리면서 대변이라도 봐야 하는 건가?"

경험

여행할 때 나는 새로운 장소를 직접 걸어본 후에야 비로소 마음이 편안해진다. 도시에 있을 때는 거리를 왔다 갔다 하며 두 발로 나만의 지도를 만든다. 어린 시절에 아버지와 전단지를 돌릴 때처럼 길이 무한히 길어지는 느낌을 받기도 한다. 나는 발이 발견한 것을 눈이 받아들일 때까지 기다리기보다는 온몸으로 그 장소를 경험하고자 애쓴다. 새로운 좌표를 발견하고, 늘 다른 방식으로 그곳을 알아간다. 나만의 지형 조사라고 할 수 있다.

자동차를 위해 만들어진 듯한 도시들이 많지만 차창 너머로 도시를 관찰하는 것은 그 도시의 사진을 보는 것과 별반 다르지 않다. 로스앤젤레스에서는 걸어 다니는 사람을 수상하게 여기는 경찰에게 검문을 당할 수도 있다. "여기까지 걸어왔다고요?" 직접 겪었던 일이다. 이런 장소는 친숙해지기 매우 어렵고, 그래서 마음이 불편해지곤 한다.

두 친구와 함께 로스앤젤레스 전역을 걸어 여행한 적이 있다. 사람들과 아스팔트에 더 가까이 다가가는 것, 낮은 곳에서 높은 곳까지 직접 두 발로 동네를 느끼는 것이 목표였다. 우리는 노스 타운센드가와 만나는 세자르 차베스가에서 시작해 다운타운을 가로질러 서쪽으로 60여 킬로미터를 걸었고, 선셋 대로를 따라 에코 파크, 실버레이크, 할리우드, 베벌리힐스, 퍼시픽 팰리세이즈를 지나서 태평양과 맞닿아 길이 끝날 때까지 걸었다. 하루 만에도 걸을 수 있는 거리였지만 우리는 나흘 동안 걸었다.

이전에도 선셋 대로 동쪽에 있는 사이언톨로지 교회를 차로 여러 번 지나갔었다. 총 7층짜리 푸른색 V자형 건물은 사이언톨로지 신자들이 얼마나 부유하고 영향력 있는지를 분명하게 보여주고 있었다. 이 건물은 관광객과 도시 주민의 명소가 되었다. 차를 타고 지나갈 때마다 나는 그 큰 건물을 채우려면 신도가 도대체 몇 명이나 되어야 하는지를 계산해 보며 놀라곤 했다. 로스앤젤레스를 걸을 당시 우리는 교회에

들러서 더 나은 삶을 사는 방법에 대한 상담을 요청했다. 그 거대한 건물의 내부는 우리를 반기던 사이언톨로지 교회 관계자 4명을 제외하고는 텅 비어 마치 유령의 집 같았다. 교회의 외부는 그 내부의 모습까지 대변해주고 있지 않았다.

90분 동안 사이언톨로지의 역사 소개, 성격 검사, 교회 관계자와의 개인적 대화 등을 거친 후 나는 두 친구와 마찬가지로 지극히 일반적이고도 개인적인 문제를 진단받았다. 교회에서는 우리를 돕겠다고 했다.

태평양을 향해 남쪽으로 내려가면서 우리는 로스앤젤레스에 나무가 얼마나 적은지, 그리고 네일숍과 약에 취한 사람은 얼마나 많은지를 알게 되었다. 모든 것은 도시 구획에 따라 인공적으로 자리 잡고 있었으며 그 틈에는 주택 단지들이 넘쳐났다. 도시 인구의 절반은 네일숍에 가는 사람들, 나머지 절반은 그들의 손톱을 손질하는 사람들일 것만 같았다.

도시에서 걷는 가장 큰 즐거움은 사람들 사이에 섞이는 것이다. 걷는 동안에는 사회 인류학에서 말하는 관찰자만이 아니라 참여자가 된다. 우리의 시야와 행동 사이의 간극은 좁아진다.

사이언톨로지 교회에서 선셋 대로가 가로지르고 있는 웨스트 할리우드(오래된 영화사와 새로운 요가 스튜디오, 팻버거와 체중 감량 센터, 의사와 매춘부가 동시에 지배하는 곳이다)까지의 물리적 거리는 단 몇 킬로미터지만 그 차이는 어마어마하다. 곳곳에 고가의 자동차, 고급 호텔과 식당, 네온사인이 있는 웨스트 할리우드는 서쪽 베벌리힐스의 부유한 사람들 그리고 그렇지 못한 사람들 사이의 완충지대로 보인다.

매일 4만 4,000대의 차량이 베벌리힐스를 지나간다. 집집마다 무장 대응을 경고하는 표지판이 붙어있다. 선셋 대로에는 '죽음의 커브'라고 불리는 비포장 구간이 있다. 자동차들이 가까이 붙어 커브를 돌면 몸이 휘청거릴 정도라 우리는 메르세데스와 포르쉐 자동차, 무단 침입 경고 표지판들 사이에서 균형을 잡는 데 애써야 했다. 선셋 대로의 시속 60킬로미터 속도제한은 아마도 서반구에서 가장 많이 위반되는 속도제한일 것이다. 서쪽으로 몇 킬로미터 더 가면 열세 살 줄리아 시글러를 기리는 임시 기념물이 있다. 등굣길에 선셋 대로를 건너다가 두 대의 차에 치여 숨진 소녀다. 지역 잡지

〈버라이어티Variety〉에 따르면 "그녀는 춤추기와 보라색을 좋아했다."

사흘 후 우리는 퍼시픽 팰리세이즈의 로지 네일에서 생에 첫 페디큐어를 받기로 했다. 냄새나는 신발과 양말을 벗고 자리를 잡을 즈음 여성 손님 두 명이 근사한 요가복 차림으로 번쩍이는 대형 SUV에서 내려 숍으로 들어왔다. 매일 방문해 손톱 손질을 받는 모양이었다. 모두 아침 식사 대신 옥시코돈oxycodone(아편계 진통제로 미국에서 오남용이 가장 심한 약물 중 하나_옮긴이)을 입에 털어 넣기라도 한 듯 동공은 확장되고 말투는 느릿느릿했으며 비틀거리지 않으려 안감힘을 쓰면서 걸어 들어오고 있었다.

선셋 대로를 걸으며 무언가에 취한 사람들을 많이 봤지만 로지 네일에서 본 두 사람의 모습은 그중에서도 가장 슬펐다. "저 사람들은 학교가 끝나도 아이들을 데리러 가지 않을 거야." 친구가 말했다.

나는 '안젤리노스Angelinos'(로스앤젤레스 주민을 일컫는 용어_옮긴이) 특권층이 거리의 노숙자들을 보지 않기 위해 차고가 높은

SUV를 몬다는 이야기를 들었지만 인도를 걸으며 직접 경험한 바로는 그렇지 않았다. 로스앤젤레스의 마약 중독자, 배우, 예술가, 바텐더, 경찰관 등으로부터 받은 인상은, 이 '천사의 도시City of Angels'에 사는 모두가 자신보다 더 성공한 사람만을 만나고 싶어 해 곤경에 처한 사람을 알아챌 능력이 없는 듯하다는 것이었다.

그토록 짧은 시간에 그렇게 많은 사람과 각양각색의 풍경을 마주하며 나는 우리 모두가 얼마나 비슷한 사람들인지에 대해 생각해보았다. 우리는 각자 아름다움, 어리석음, 현명함, 선, 악, 약함, 강함, 낙관, 비관을 동시에 지닌 사람들이고, 성공과 실패를 모두 겪으며 살아간다.

우리는 걷기와 관찰을 동시에 할 수 있는 자연스러운 리듬을 찾고자 노력했지만 여의치 않았다. 도시를 걷는 데 완벽한 속도는 없다. 속도는 지역의 복잡함, 교통량, 인도의 유무, 만나는 사람 수, 집 등 간직하고 싶은 기억의 양에 따라 달라진다. 우리의 대뇌피질은 중요하지 않은 것에서 중요한 것을 골라내며, 그 후에는 인상에 남은 것을 해석할 시간이 필요하다. 나는 그 과정이 책을 읽는 일과 비슷하다고 생각한다. 무엇을 인식하느냐는 결국 우리의 제한된 주의력에 달려 있다. 걷는 속도를 높이면 자연히 적은 것들에 집중하게 된다. 신경학자 카야 노르덴엔Kaja Nordengen이 내게 말했듯 "보고 있으나 보지 못하고 듣고 있으나 듣지 못하게" 되는 것이다.

만약 우리가 로스앤젤레스를 걷는 동안에 멈춰 섰던 모든 시간을 걸었던 시간에 포함한다면 평균 보행 속도는 시간당 2킬로미터도 채 되지 않았을 것이다.

아담

어린 시절이었던 1970년대에 나는 하느님이 아담Adam을 에덴동산에서 쫓아냈다는 사실을 교과서로 배웠다. 벌거벗은 몸으로 머리를 푹 숙인 채 낙원을 떠나는 아담의 모습이 묘사된 그림은 몇 안 되는 초등학교 시절 기억 중 하나다. 하지만 이후 나는 그 이야기의 다른 버전을 믿게 되었다. 아담은 낙원에서 쫓겨난 것이 아니라는 해석이다.

아담과 이브는 아무것도 할 일이 없었다. 이브는 아담이 지혜의 나무에 달린 열매를 먹으면 어떻게 될지 궁금해 그를 유인했다. 그리고 그 열매를 먹으면 선악을 분별하게 될 것이라던 뱀의 말은 옳았다.

열매를 먹은 후 "날이 서늘할 때 하느님이 동산에서 거니시는 소리를 듣고", 아담과 이브는 몸을 숨겼다. 이 구절은 아마도 걷기를 문학적으로 묘사한 세계 최초의 기록일 것이다. 내가 이 구절을 처음 읽었을 일곱 살 무렵, 나는 하느님이 이 두 사람을 찾으려고 울창한 동산을 거니는 모습을 상상했다. 길고 덥수룩한 머리에 수염이 풍성한, 낡은 튜닉 차림의 인내심 많은 한 노인이 천천히 걷는 모습. 에덴동산을 거니는 하느님. 신도 저녁 산책을 즐긴다는 생각만으로 이 상상이 좋았다.

이 이야기를 읽으면 일상의 어려움이 떠오른다. 완벽한 사회라는 것은 치약이나 자동차 광고에서라면 멋지게 느껴질지 모르지만 현실이 그렇다면 견딜 수 없을 것이다. 일상에서는 종종 가장 중요한 한 가지 느낌, '흥분'이 부족하다. 꼭 모두가 집단으로 바륨Valium(신경안정제_옮긴이)을 먹은 것처럼 희망, 사랑, 기쁨 같은 감정이 모두 비슷해진다. 나는 아담과 이브 역시 일상에 아무런 흥분이 느껴지지 않는 좌절감을 느꼈을 거라고 생각한다.

아담이 역사상 최초의 탐험가가 된 후 어떤 일들을 겪었는지에 대한 설명이 성경에는 없지만 그가 '오래오래 행복하게' 살지는 않았으리라 예상해볼 수 있다. 낙원에 살던 아담은 아마 미치도록 지루했을 것이다. 낙원 밖으로 나갔을 때는 지루함에서 벗어났겠지만 대신 여러 가지 새로운 문제에 직면했을 것이다. 하지만 아담이 한참을 걷고 난 후에만 얻을 수 있는 엄청난 기쁨을 경험한 후, 이제는 원하는 만큼 오랫동안 계속 걸을 수 있다는 사실을 깨달았을 테다. 에덴동산에서 그의 내면을 갉아먹으며 괴롭히던 불안은 점점 사라지고 대신 새로운 흥분이 가슴속에 자리를 잡았을 것이다.

소설

나는 제임스 조이스James Joyce의 《율리시스Ulysses》, 크누트 함순Knut Hamsun의 《굶주림Hunger》, 두 소설 속 등장인물들이 걸었던 더블린과 오슬로의 거리를 똑같이 걸어보기도 했다.

《굶주림》 속 화자처럼 배고픔에 시달리지는 않더라도 그가 걸은 거리를 실제로 걸어보면 소설은 완전히 다르게 느껴진다. "뜨거운 수증기가 뿜어져 나와 늪 같다"라고 묘사된 오슬로의 중심가 칼 요한 거리는 여전히 그 묘사대로다. "스토르가텐의 지하 카페에서 멈춰 서서 간단한 점심이라도 당장 먹어야 할지를 침착하고 냉정하게 고민해봤다." 오늘날의 스토르가텐도 책의 초판이 나왔던 1890년의 스토르가텐과 비슷한 모습을 유지하고 있다. 노숙자들은 여전히 굶주린 상태로 인도를 오간다. 이런 관찰은 내가 더 큰 현실 혹은 허구로 들어갈 수 있도록 돕는 작은 이정표들이다.

작가 블라디미르 나보코프Vladimir Nabokov는 1948년부터 1959년까지 미국 코넬대학교에서 조이스의 《율리시스》를 가르쳤다. 한 '평범한' 날인 1904년 6월 16일, 주인공 스티븐 디덜러스와 레오폴드 블룸이 집을 들락날락하고 계단을 오르내리며 더블린의 거리를 배회하는 이야기가 736쪽에 걸쳐 묘사된다. 어린 아들의 죽음, 그 이후 블룸과의 성관계를 거부하는 아내 그리고 돌연 자살한 아버지까지, 디덜러스와 블룸이 걷는 일보다 더 중요해 보이는 이야기는 배경처럼 살짝 지나갈 뿐이다.

나보코프는 조이스의 작품을 온전하게 감상할 수 있으려면 등장인물들이 더블린의 거리를 걸었다는 사실과 그들의 생각 및 행동을 그저 아는 것만으로는 충분하지 않다고 주장했다. 그는 학생들에게 등장인물이 걷는 방식, 그들이 걸었던 시간 등을 상상하도록 했다. "호메로스풍 글, 긴장감, 본능적인 장 제목 같은 허세 가득한 분석 대신 디덜러스와 블룸의 여정을 표시한 더블린의 지도를 준비해야 한다."

나는 이 주장이 마음에 든다. 블룸은 마치 독자에게 소설 밖으로 벗어나 도시를 직접 걸으라고 권하는 듯 모든 거리 이름을 강박적으로 짚고 넘어간다. 나보코프는 자신이 말했던 대로 화살, 숫자, 거리 이름으로 가득한 두 사람의 여정 지도를 만들었다.

나는 나보코프의 지도를 연구했고, 소설 속 이야기가 펼쳐지는 거리를 걸어 다녔다. 그의 말이 옳았다. 블룸이 거닌 거리를 걸어 소설에서 언급된 술집 '데이비 번'으로 들어가 조이스가 즐겨 마시던 와인을 한 모금 마신 후에는 이야기가 완전히 다른 느낌으로 다가온다. 이런 식으로 소설이 주는 경험은 변화한다.

다니엘 데포Daniel Defoe가 《로빈슨 크루소Robinson Crusoe》의 영감을 받은 스코틀랜드인 알렉산더 셀커크Alexander Selkirk는 실제로 칠레 연안의 후안페르난데스제도의 섬 중 하나에 좌초되어 1704년 9월부터 1709년 2월 2일까지 고립된 채 생활했다. 부모님이 내게 처음 《로빈슨 크루소》를 읽어준 이후부터 나는 이 책에 완전히 사로잡혔다. 아버지는 그 소설이 실화를 바탕으로 한 것이라고 내게 말해주셨다.

셀커크가 살았던 이 섬에는 이후 '로빈슨크루소섬'이라는 새로운 이름이 붙여졌다(경제적 이득을 보겠다는 관광청을 누가 비난할 수 있을까?). 1986년 나는 파나마운하를 거쳐 버뮤다제도에서 이 섬까지 항해했다.

나는 섬의 지형이 소설 속 묘사와 얼마나 일치하는지 확인하고 놀랐다. 책을 샅샅이 살피며 데포가 설명한 장소를 찾자 크루소의 망루와 바닷가 동굴 모두 그곳에 있었다. 하루는 섬에서 가장 높은 곳까지 올라가 보기로 했다. 자갈로 된 비탈 때문에 성공하지는 못했지만 섬 전체를 한눈에 바라볼 수 있을 만큼 높이 오를 수는 있었다. 내가 상상했던 소설에는 실제로 두 가지 이야기가 포함되어 있다는 사실을 깨달았다. 첫 번째는 어린 시절 집에서 들었던 이야기였고, 두 번째는 붉은 용암이 해변의 바위와 절벽이 되고, 해발 1,000미터까지 오르는 동안 그 위로 나무와 풀이 덮이는 변화를 두 발로 느끼면서 경험한 이야기였다.

나는 셀커크와 크루소가 수평선에 나타날지도 모르는 배를 찾던 것처럼 태평양 너머를 내다보기 위해 바다 가장자리의 망루로 걸어 올라갔다. 올라가는 길은 자연이 만든 오솔길로 되어 있어 셀커크의 발자취를 따라 걷는 듯했다. 그는 매일 오늘은 배가 나타날지도 모른다는 희망으로 600미터를 걸어 올라가기를 무려 4년 4개월 동안 계속했다. 한 해, 두 해가 지나며 그 등산은 계속되는 실망의 연속이지 않았을까? 잘은 모르겠지만 걷고, 믿고, 실망하고, 주변 경치를 보는 일들이 아마도 그를 살아있게 해주었다고 생각하고 싶다. 그 언덕을 오르는 한은 희망이 존재했다고 말이다.

정상에 서니 그가 왜 이 장소를 선택했는지 이해할 수 있었다. 이 위치에서는 모든 방향을 내다볼 수 있을 뿐 아니라 다른 장점 또한 있었다. 섬과 그 너머 끝없는 바다를 바라보면서 나는 이 풍경이 홀로 서있는 셀커크에게 내면의 힘, 영적인 힘을 주었으리라는 것을 느낄 수 있었다.

나는 망루에서 크루소가 모래 위에 찍힌 발자국을 발견했던 해변을 찾아보려 했지만 성공하지 못했다. 떠나기 직전에도 한 번 더 섬을 가로질러 걸었지만 로빈슨크루소섬에 있는 그 모래사장은 찾을 수 없었다. 셀커크 역시 부드러운 모래에서 위안을 찾지 못했고, 맨발의 괴물 같은 몰골로 변했다. 발바닥도 매우 단단해져서 마침내 그가 구조되었을 때, 선원들은 그가 해안의 바위 사이사이를 뛰어다니며 염소를 쫓아가 발을 건 후 넘어뜨려 잡는 것을 보고 충격을 받았다고 한다.

발

발은 우리가 누구인지를 말해준다. 발은 우리의 가장 친한 친구다.

발은 우리의 눈, 코, 팔, 몸통, 감정과 대화를 나눈다. 이 대화는 종종 마음이 따라갈 수 없을 정도로 빠르다. 발은 우리가 정확히 앞으로 나아가도록 도와준다. 지형을 읽을 수 있으며, 발바닥 아래에 무엇이 있는지도 알 수 있다. 한 걸음씩 앞으로 나아가거나 옆으로 움직이기 위해 발자국 하나하나를 신중하게 남긴다.

발은 강하고 복잡한 기계적 구조로 되어 있다. 26개의 뼈, 33개의 관절, 100개가 넘는 힘줄과 근육, 인대로 이루어진 발은 균형을 유지해 몸을 똑바로 서게 한다. 이런 발달은 선

사시대 우리 조상이 똑바로 걷기도 전부터 시작되었다. 우리가 살아남을 수 있도록 적응하기 위한 변화였지만 200만 년 전부터 지금에 이르며 두 발로 걷기는 점차 즐거움을 위한 행위가 되었다. 들판을 가로질러 걷고, 산을 오르고, 절벽을 따라 걷거나, 캠프파이어를 하기 위해 숲으로 들어가는 등의 활동은 우리가 반드시 해야 할 필요가 없을 때 비로소 즐거운 일이 된다. 인류가 생존할 수 있도록 발전해왔으며 여전히 생존을 위해 필수적인 건강한 두 발은 해변에서 쉬기 좋은 자리를 찾거나 집으로 돌아가거나 고민이 생겼을 때 산책을 하기 위한 도구가 되었다.

그럼에도 종종 머리는 발과의 연결을 잃게 될 때가 있다. 변호사인 내 지인은 과중한 업무 속에서도 자기 일을 즐겼지만 어느 순간 벽에 부딪혔고, 공황 발작을 일으켜 죽을 것 같다는 생각에 사로잡히곤 했다. 오랜 병가에도 지인은 다시 공황 발작과 극심한 두통을 겪었다. 불행히도 이런 이야기는 드물지 않다. 의사는 그녀에게 정신운동 물리치료를 권했다. 첫 번째 진료에서 그녀는 똑바로 서라는 지시를 받았고,

치료사는 기분이 어떤지를 물었다. "아무것도 느껴지지 않아요." 치료사는 발밑, 다리, 허벅지에 어떤 감각이 느껴지는지 물었다. 허벅지 근육을 꽉 조인 후에야 그녀는 단순한 두통 이상의 감각을 느낄 수 있었다. 그 후 그녀는 의자에 앉아 발바닥 아래 나무 막대를 굴려보라는 지시를 받았다. 치료사는 다시 그녀에게 기분을 물었다.

"어떤 느낌이 드냐고요?" 그녀는 반복되는 질문에 짜증이 났다. 대답은 언제나 똑같았다. "아무것도 느껴지지 않아요."

그다음 주, 그녀는 발바닥에 엄청난 통증을 느끼기 시작했다. 막대 위에 서서 발바닥 앞뒤로 막대를 굴리라는 치료사의 지시에 그녀는 통증이 너무 심한 나머지 경련을 일으키며 쓰러졌다.

나중에서야 그녀는 자신의 머리가 몸과 다시 연결될 수 있도록 훈련받은 것임을 이해했다. 그녀의 머리는 현실에 발을 붙여야 했던 것이다.

기분

걸음걸이는 우리의 기분을 반영하기도 한다. 일상의 걸음걸이에서 벗어나는 작은 차이는 우리가 좋은 날을 보내고 있는지 나쁜 날을 보내고 있는지를 주변에 알릴 수도 있다.

영국 스완지대학교의 로리 윌슨Rory Wilson 교수는 질병, 호르몬, 영양, 감정이 인간과 바퀴벌레의 움직임에 어떤 영향을 미치는지 연구했다. 인간과 바퀴벌레의 몸에 측정 도구를 부착해 움직임을 관찰하는 실험으로, 기분에 따라 두 종의 움직임에 일관성 있는 차이가 있는지를 보는 것이 목적이었다. 최상의 결과를 얻기 위해 모든 실험은 실험실이 아닌 피실험자의 일상 환경에서 진행되었다.

연구에 따르면 인간은 영화를 본 후 영화가 슬펐는지 재미있었는지에 따라 다르게 움직였다고 한다. 다른 상황에서도 이런 경향은 확실히 드러난다. 숲이나 산, 공원 등을 산책하기 전과 후의 걸음걸이를 살펴보면 그 변화를 눈치챌 수 있다. 영화를 보고 나올 때보다 훨씬 더 명백한 변화다. 퇴근 후 등산을 할 때 지친 상태였다면 등산을 마치고 돌아갈 때는 완전히 다른 의미의 지친 상태가 된다. 눈은 더 빛나고 발걸음은 가벼워지며 미소는 좀 더 느긋해진다.

바퀴벌레와 한집에서 지내본 적이 있어 나는 이 생명체들이 발달된 신체 언어를 가지고 있다는 사실을 믿을 수 없었지만 내 생각은 완전히 틀린 것이었다. 연구원들은 건강한 바퀴벌레와 아픈 바퀴벌레 모두 하루에 2미터씩 뛰도록 했는데, 건강한 바퀴벌레는 아픈 바퀴벌레와 다른 방법으로 발을 내려놓았으며 더욱 탄력적인 자세를 취했다고 한다. 건강한 바퀴벌레는 아픈 바퀴벌레보다 가속도 빨랐다. 북극곰도 상대가 적절한 짝짓기 상대인지 혹은 죽여서 저녁거리로 삼는 것이 나을지를 결정하기 위해 걷는 방식을 관찰한다.

충분히 쉬었거나 행복할 때면 몸이 곧게 펴지고 발걸음이 더욱 가벼워진다. 무거운 배낭을 벗어버린 기분이다. 가끔은 특별한 이유 없이 행복을 느끼기도 하는데 이는 뜻밖의 선물처럼 느껴진다. 작가 토마스 에스페달Tomas Espedal은 소설 《걷기: 거칠고 시적인 삶을 위한 기술Tramp: Or the Art of Living a Wild and Poetic Life》에서 이에 대해 다뤘다. 나흘 연속 술을 마신 주인공은 숙취와 우울함에 시달리다가 "햇살이 표지판에 내리쬐자 뜻밖의 행복감에 휩싸였다." 이 어렴풋한 빛이 주인공의 생각을 점점 더 가볍게 하고, "나는 서서히 깨달았다. 우리는 걷고 있어서 행복하다는 것을."

피곤하거나 우울하면 걸음걸이가 무거워지고 몸이 앞으로 기운다. W.G. 제발트W.G. Sebald는 소설 《아우스터리츠Austerlitz》에서 독일군에게 도시를 점령당한 후 눈 덮인 아침 프라하 시민들이 걷는 모습의 변화를 묘사한다. "……그 순간부터 그들은 더 이상 어디로 가는지 알지 못하는 몽유병자처럼 더 천천히 걷기 시작했다." 제발트가 과장했다고 해도 상관없다. 비록 체코슬로바키아 사람들이 독일군 점령 기간 동안 몽유병자처럼 걷지는 않았더라도 제발트는 그날 도시가 어떻게 집단적인 죽음을 겪었는지 우리가 쉽게 상상할 수 있도록 생생한 이미지를 그려냈다.

나의 할머니는 늘 다소 풀이 죽은 듯 걸으셨다. 어깨는 구부정하고 발걸음은 뻣뻣해 마치 근육이 긴장을 풀지 않으려는 듯 보였다. 그녀의 삶은 역경으로 가득했다. 하지만 나는 한 번도 그녀가 불평하는 것을 들은 적이 없다. 오히려 그 반대였다. 손주들이 곁에 있을 때면 늘 사랑이 가득하며 사려 깊었다. 다만 그녀의 몸만은 고되었던 과거를 기억하고 있었다.

지위

걸음걸이는 얼굴보다 더 많은 정보를 알려준다. 거리에서 지나치는 사람의 얼굴은 흘끗 볼 시간밖에 없지만 한 발을 어떻게 다른 발 앞에 놓으며 걷는지는 좀 더 오래 관찰할 수 있다. 만약 누군가와 우연히 같은 방향으로 걷고 있다면 몇 분간 작정하고 상대의 걸음걸이를 관찰할 수도 있을 것이다. 물론 사람의 걸음걸이는 어느 정도 유전에 달렸지만(솔베이의 걸음걸이가 그녀의 할머니, 할아버지를 떠올리게 하는 데는 그리 오래 걸리지 않았다), 우리의 가치관이나 사회적 규범의 표현 방식이 되기도 한다.

경찰관은 힙스터와 전혀 다른 자세로 걷고, 힙스터는 거지와 전혀 다르게 걷는다. 오슬로 거리에서 볼 수 있는 이 세 유형의 사람은 각각 다른 일을 한다. 첫 번째 유형은 질서를 유지하는 절제된 움직임으로 자신의 특징을 드러낸다. 두 번째 유형은 느긋하며 어슬렁거리는 듯한 걸음걸이로 걷는 반면 세 번째 유형은 걸음걸이에 삶의 어려움과 일상적인 분노가 묻어난다. 그들의 사회적 지위는 각자의 몸에 깊이 새겨져 있다.

프랑스의 사회학자 마르셀 마우스Marcel Mauss는 "우리 안의 모든 것은 명령에 따라 움직이는 듯하다"라고 했다. "수녀원 부속 학교에 다니는 여성은 보통 두 손을 모으고 걷기" 때문에 알아보기 쉽다. 마우스는 프랑스 지식인이 흔히 그렇듯 매우 구체적인 메시지를 던지는데, 우리가 움직이는 방식이 심리적, 사회적 체계 사이의 연결고리라는 그의 말에 나는 상당 부분 동의한다. 그의 후계자인 피에르 부르디외Pierre Bourdieu가 주장했듯 한 사람의 사회적 지위는 우리 몸에 '새겨지게' 된다.

마우스와 부르디외는 우리가 계속 익숙한 방식으로 걷지만 시간이 지나면서 혹은 갑자기 자신의 삶에서 병, 실업, 상실 등의 격렬한 변화를 경험하게 되면서 걸음걸이가 바뀔 수도 있다고 했다. 그러나 일반적으로 신부, 경찰, 거지 그리고 우리는 늘 해왔던 대로 걷게 될 것이다.

걸음걸이

경찰은 사람이 걸을 때 몸을 움직이는 방식에 기초해 범죄자를 식별하는 방법을 알아내고자 노력하고 있다. 움직임과 관련된 데이터를 토대로 앞으로는 DNA의 흔적만큼이나 정확하게 가해자가 누구인지 결론지을 수 있기를 기대한다. 또 범죄자가 어떻게 희생자를 선택하는지 분석하기 위한 연구도 활발히 진행 중이다. 어떤 사람들이 걷는 모습은 어딘가 불안하고 취약해 보인다. 미국의 연쇄살인범 테드 번디Ted Bundy는 "길을 걸어가는 모습만 봐도 희생자를 정할 수 있다"라고 말하기도 했다.

우리의 걸음걸이는 거짓말을 하지 않지만 우리는 허세가 가득한 자세를 취할 수도 있고, 평소와는 다른 방식으로 걸음걸이를 바꿀 수도 있다. 잠재적인 희생자가 더 자신감 있는 자세에 더 빠른 걸음걸이로 팔을 움직이면 가해자의 관심은 줄어들 수 있다.

치안이 좋지 않은 지역을 걸을 때면 나는 몸에 더 힘을 주어 걷는다. 그 걸음걸이에 겁을 먹는 사람이 있으리라고는 생각하지 않지만 적어도 안전하다는 느낌은 든다. 때로 어두운 거리에서 누군가를 지나칠 때 상대방이 불안해하는 것 같다는 느낌을 받으면 속도를 늦추고 길 건너편으로 발걸음을 옮길 때도 있다.

1970년대 후반, 영화 〈그리스Grease〉를 본 후 한동안 남자 주인공 대니(존 트라볼타John Travolta 분)가 여자 주인공 샌디(올리비아 뉴턴 존Olivia Newton-John 분)에게 부드럽게 다가갈 때와 비슷한 느낌으로 걸어보려고 한 적이 있었다. 보폭은 넓고 에너지가 넘치며 팔도 리듬감 있게 흔드는 걸음걸이였는데, 한 번도 성공하지 못했다. 결국 며칠 후 나는 다시 원래 걸음걸이로 돌아왔다.

집중

연극 감독 로버트 윌슨Robert Wilson은 천천히 걷는 걸음에 특히 매력을 느낀다고 했다. 나는 그에게 이유를 물었다.

감독으로서 윌슨은 배우가 모든 장면에서 자연스럽게 걷는 데 관심을 기울인다. 그는 배우의 움직임이 자연스러울 때(보통은 수백 번 시도하고 실패한 후에야 가능하다) 비로소 새로운 형태의 창조성이 열린다고 믿는다. 배우의 창의성은 머리에 있는 것이 아니라 몸에 있다고 윌슨은 주장한다. 동작이 자연스러워진 후에야 그는 배우에게 대사를 연습할 수 있도록 허락한다. 살짝 든 뒤꿈치가 큰 외침보다 더 강력할 때도 있다.

"시간에는 개념이 없어요. 사람들은 제 작품에서 배우들이 너무 천천히 움직인다고 말할 때가 많죠. 평소보다 천천히 움직일 때 느려진 속도를 의식하지 않는다면 완전히 다른 방식으로 '시간'을 경험할 수 있어요. 몸은 동시에 일어나는 여러 에너지로 가득 차게 되고, 매 순간이 완전히 달라질 겁니다. 이런 경험을 해본다면 사고방식도 달라져요."

윌슨은 배우가 무대 위 어느 지점까지 걸어야 하는지, 어떤 속도로, 어느 순간에 걸어야 하는지 등을 설명하는 상세한 지도를 무대 바닥에 그린다. 스케치는 1센티미터 단위까지 정확하다. 모든 배우가 자신의 움직임을 익히고 더 이상 지도가 필요 없게 되면 그는 그때 지도를 지워버린다.

윌슨은 걸음걸이가 얼마나 복잡하고, 또 무엇을 전달할 수 있는지를 일찍부터 이해했다. 그의 여동생은 태어날 때부터 발이 안쪽으로 휘어있었다. 1940년대 말 텍사스에서의 일이었다. 의사는 그녀의 다리를 골절시킨 후 정확한 각도로 맞춰 다시 뼈가 붙도록 하는 교정 방법을 택했다. 1년간 교정기와 깁스를 한 후에야 윌슨의 여동생은 비로소 걷는 법을 배웠다. "동생이 걷기를 배우는 모습을 보며 저는 제 걸음걸이를 다시 생각해봤어요. 우리가 걷는 방식, 보행자의 방식 말이죠. 동생은 균형을 잡는 데 집중했고, 한 발을 다른 한 발 앞으로 움직이며 넘어지지 않기 위해 안간힘을 썼어요. 보행자의 모습을 관찰해보면 앞으로 내딛는 걸음이 늘 빠르다는 것을 알게 될 겁니다. 빠르게 발을 뻗지 않으면 넘어질 것이라는 유아기 때의 두려움 때문이겠죠. 한 발로만 서있는 상태에서 천천히 다른 발을 앞으로 내딛어본다면 이는 매우 색다른 경험이라는 것을 느끼게 될 거예요."

빌딩 1층에서 내가 일하는 출판사 사무실이 있는 7층까지는 212개의 계단이 있다. 실은 추측이다. 매번 세다가 숫자를 잊기 때문에 확실하지는 않다.

고된 일상에서 벗어나기 위해 나는 계단을 오를 때 매 걸음에 집중한다. 윌슨의 여동생처럼 차분하게 다리 한쪽을 들어 앞에 내려놓는다. 다음 단계는 생각하지 않고 한 번에 한 단계에만 집중한다. 쉽지 않은 일이다. 머릿속이 복잡해지고 사무실 책상에서 나를 기다리고 있을 일들에 대해 생각하기 시작하면 계단과 내 발에만 집중했던 위치로 되돌아가 계단을 다시 오른다. 스스로 정한 규칙이다. 혹은 뒤로 돌아 거꾸로 계단을 오르기도 한다. 이럴 때는 온몸이 긴장이 되어 모든 것과 단절된 채 과거, 미래에서도 벗어나게 된다. 비록 머리는 내 업무 계획에만 집중하고 싶어 할지라도 말이다.

일곱 층을 올라 사무실 앞에 다다르면 무슨 일이 일어났는지 정확히 생각나지 않는다. 마치 내가 자각하지도 못했던 질문에 대한 답을 얻은 기분이다. 이게 가능한 것일까?

소크라테스Socrates도 비슷한 의문을 가졌다. "무엇인지 전혀 모르는 것을 어떻게 찾을 수 있는가?" 소크라테스에게 처음 이 질문을 던진 메논Menon의 이름을 딴 '메논의 딜레마Menon's dilemma'를 철학자들은 2,400년 동안이나 고민해왔다. 1942년, 철학자 모리스 메를로퐁티Maurice Merleau-Ponty는 좋은 해답을 생각해냈다. 많이 걷는 사람이라면 누구나 공감할법한 대답이다. "우리는 온몸으로 생각한다."

메를로퐁티는 우리 육체가 단지 살과 뼈로 만들어진 원자의 집합이 아니라는 가정으로부터 시작했다. 소크라테스가 강조했듯이 우리는 단지 머리와 마음으로뿐만 아니라 발가락, 발, 다리, 팔, 배, 가슴, 어깨로 기억과 생각을 인식하고 살필 수 있다. 메를로퐁티는 신경학자와 심리학자가 연구해온 개념, 즉 우리는 주변의 모든 것과 대화를 나눌 수 있다는 것을 이해했다. "내면의 자아라는 것은 없다. 인간은 세상 안에 존재하며, 오직 세상 안에서만 자신을 이해할 수 있다." 우리가 무언가를 보고, 듣고, 냄새 맡을 때, 이를 이해하기 위해 우리는 몸 안에 저장된 정보를 사용한다.

새가 나무 꼭대기에 숨어 노래한다면 나는 그 소리를 내는 새와 내 몸에 저장된 다른 경험을 통해 상상하는 새를 구별할 수 없다. 따라서 '다른 사람'이 듣는 새소리는 비록 같은 새일지라도 '내'가 듣는 새소리와는 다르다. 모든 사람은 나름의 경험이 축적되어 있으며 우리가 보관해온 정보가 새소리 자체보다 더 큰 역할을 할 수도 있다.

로버트 윌슨은 여동생이 걷는 법을 배우는 동안 자신도 또박또박 말하는 법을 배우기 위해 고군분투했다. 그는 말을 지나치게 더듬어 다른 사람이 알아듣기가 거의 불가능할 정도였다. 그의 가족이 살던 텍사스에는 언어치료사가 없었기 때문에 그의 부모는 뉴올리언스, 시카고, 댈러스의 전문가에게 어린 윌슨을 데려갔지만 아무 도움도 되지 않았다. 그가 10대였을 때, 한 발레리나가 정확히 말하는 방법에 대해 조언했다. 그녀의 충고는 윌슨의 여동생이 걷는 법을 배우는 과정을 떠올리게 했다.

발레리나는 그에게 일단 말하기 시작한 후에는 스트레스를 받거나 도중에 멈추지 말고 하고자 하는 말을 끝까지 완성할 때까지 차분하고 여유 있게 노력하라고 말해주었다. 그녀는 그가 '어어언제제제드드든지'라고 한마디 하는 데 몇 분이 걸려도 괜찮다고 말했다. 그녀는 무용수로서 신체가 어떻게 기능하는지에 대한 기본적인 이해가 있었다. "그분은 말할 때 더 여유를 가지라고만 했어요. 그 말대로 했을 뿐인데 불과 5~6주 사이에 말 더듬거리는 증상을 극복하게 되었죠. 이전까지는 제자리에서만 달려왔던 것 같은 기분이었어요."

윌슨의 퍼포먼스 작품 〈걷기Walking〉를 보면 모든 것이 남보다 더 오래 걸렸던 그의 어린 시절 경험에 많은 영향을 받았음이 느껴진다. 그와 관객들은 보통 45분밖에 걸리지 않는 네덜란드의 테르셸링스섬을 건너는 데 5시간을 쓴다. "주변 환경을 더 잘 알게 되었고. 제 인식도 달라졌어요. 바다, 공기, 새, 바람, 모래, 돌, 수평선, 모든 것이 일반적인 속도로 걸을 때와는 달랐습니다."

맨발

평소에 나는 양말만 신고 다니거나 아예 맨발로 돌아다니는 습관이 있다. 집에 있든, 어딘가를 방문하든, 사무실에 있든, 나는 신발을 벗는다. 발가락을 움직이기 위해, 내 몸과 땅 사이를 가로막는 두꺼운 고무창을 없애기 위해서다. 카페에 앉아있을 때는 종업원의 눈치를 피해 벗은 신발을 테이블 밑에 숨기곤 한다.

종일 사무실에서 일하는 사람으로서 이같은 습관을 실행하기 쉽지는 않지만 나는 맨발로 다니는 것이 좋다. 발을 위해서 뿐 아니라 나무 바닥, 시멘트, 카펫, 잔디, 모래, 진흙, 아스팔트, 혹은 이끼, 솔잎, 바위를 맨발로 느끼고, 발가락 하나하나, 발 앞부분, 뒤꿈치, 발목 근육의 반사작용이 좋아지는 것을 느끼기 위해서다. 발바닥의 피부에 있는 신경과 반사점

(몸의 나머지 부분과 연결된 점)도 땅과 더 가깝게 닿는다. 몸이 햇빛을 필요로 하고, 피부는 바람을 느끼고, 귀는 새소리에 즐거워하듯이, 나는 발이 이런 식으로 해방된다고 믿는다. 벌거벗은 발은 더 연약하다. 날카로운 것이나 딱딱한 것을 밟지 않도록 주의를 기울여야 한다.

시인 파블로 네루다는 앞에서 언급했듯 나비나 사과가 되고 싶은 발에 관해 썼지만 그의 낭만적인 생각은 그리 길게 이어지지 않는다. 대신 시의 후반부에서 그는 아이의 발이 어떻게 자유를 포기하고 건물과 건물을 드나들면서 플라스틱, 고무, 가죽 등으로 뒤덮인 어둠 속에서의 삶을 받아들여야 하는지에 대해 이야기한다.

사랑을 나누거나 잠을 잘 때조차
자유로워질 여유가 거의 없다.

길

노르웨이의 철학자 아르네 네스Arne Næss는 12년 동안 할링스카르베트산맥 바로 아래의 외딴 오두막 트베르가스테인Tvergastein에서 살았다. 나와 함께 등산을 할 때마다 네스는 이전 코스에서 불과 몇 센티미터 이동한 길이더라도 매번 다른 길로 가자고 했다. 그를 방문하는 모든 사람에게 해당하는 일이었다. 수년간 이런 식으로 네스는 어떤 코스도 오두막으로 곧장 이어지지 않도록 했다.

그는 또한 오두막 주변 2미터를 자연 보존 구역으로 지정했다. 각종 고산 식물을 보호하기 위해 자신을 포함한 방문객 모두 암석만 밟을 수 있었다. 이런 노력으로 네스는 계절마다 자연 그대로의 식물을 관찰할 수 있었다.

노르웨이에서 사람이 흔적을 남기지 않은 오두막집은 트베르가스테인 뿐이었을 것이다. 산 아래로 몇몇 동물의 흔적이 있긴 했지만 그뿐이었다. 그가 마지막 여행을 떠난 지 8년이 지난 지금은 오두막으로 이어지는 인공 산책로가 하나 생겼다. 네스가 없는 지금, 등산객들은 어쩔 수 없이 가장 편하며 변하지 않는 길을 선택했다.

노르웨이의 시인 울라브 H. 하우게Olav H. Hauge는 태어나서 죽을 때까지 하르당에르 피오르(빙하에 의해 형성된 골짜기에 바닷물이 들어와 생긴 좁고 긴 만_옮긴이) 지역인 울빅의 한 농장에서 살았다. 피오르의 가장 안쪽에 위치한 농장은 가파른 산으로 둘러싸여 있다. 하우게의 책꽂이는 세계 문학 전집으로 가득 차있었고, 그는 종종 혼자 걸으며 읽은 책에 대해 생각하고 저자와 내면의 대화를 나누곤 했다. 그는 시 〈당신의 길Your Path〉에서 이 경험을 묘사했다.

이것이 당신의 길이다.
오직 당신만이

택할 수 있는 길.

그리고 돌아가는 길은 없다.

오직 '하나의 길' 뿐이다. 다른 사람과 같은 길을 걷더라도 우리가 만드는 우리만의 길이다. 하지만 나는 "돌아가는 길은 없다"라는 하우게의 말을 믿지 않는다. 매일, 매 순간, 우리는 언제나 돌아설 수 있다. 다만 돌아가는 길은 이전과 다른 길이 될 것이다.

스페인의 시인 안토니오 마차도Antonio Machado 역시 '바위가 꿈을 꾸는 듯한 곳', 카스티야 주변 바람 부는 평원, 참나무 사이를 걷고 언덕을 오르며 비슷한 감정을 느꼈다. 그는 시 〈여행자Wayfarer, there is no path〉에서 하우게와 거의 같은 표현을 썼다.

길은 걸으면서 만들어진다.

그리고 뒤를 돌아보면

결코 다시는 밟지 않을
길이 보인다.

마차도의 시를 읽고 하우게는 자신의 일기에 이렇게 썼다.
"드디어 나와 같은 생각을 하는 사람을 찾았다."

약

영국계 이집트인으로 심장외과 의사인 마그디 하비브 야쿠브Magdi Habib Yacoub는 매일 산책을 한다. 2009년 어느 봄날 저녁, 제네바호 근처의 한 호텔 입구에서 그와 나는 부딪힐 뻔했다. 아름다운 호수 위, 사방에 산이 펼쳐진 해 질 녘 풍경이 아직도 기억난다. 우리는 그 자리에 나란히 서서 멍하니 그 풍경을 바라보았다. 그는 잠자리에 들기 전 3~4킬로미터를 걸을 계획이라고 말했는데, 나 역시 같은 계획을 하고 있었다. 그래서 우리는 함께 걷기로 했다.

내게는 행운이었다. 야쿠브에게 직업을 물어봤을 때 그는 지금까지 약 2만 건의 심장 수술을 했다고 말했다. 다른 의사들이 환자의 가슴을 열어 심장박동과 호흡을 정지시켜놓으면 야큐브가 수술을 집도한다. 하나의 수술을 마치면 야쿠브는 곧장 다음 수술실로 향하고, 이런 식으로 보통 하루 다섯 번의 수술을 한다고 했다.

9년 전, 그는 두 살짜리 여자아이에게 새로운 심장을 이식했는데, 아이의 원래 심장은 연결만 끊은 채 몸 안에 남겨두었다. 8년 후, 이식받은 아이의 심장은 예정대로 작동을 멈추었고, 야쿠브는 다시 한번 생사가 걸린 수술을 진행했다. 그는 이식되었던 심장을 꺼낸 후 소녀의 원래 심장을 연결했다. 심장은 소녀의 몸 안에서 건강하게 자란 상태였다. 이런 종류의 심장 이식 성공은 처음이었다. 소녀는 빠르게 회복했고 지금은 결혼해 아이도 낳았다.

나는 호기심이 생겨 야쿠브에게 박동하는 수천 개의 심장을 연구한 끝에 그가 배운 교훈이 무엇인지 물었다. 야쿠브는 별다른 말없이 이렇게만 대답했다. "매일 산책하세요." 그는 이것이 시간이 지나도 절대 변하지 않을 유일한 충고라고 말해주었다.

내 할머니도 야쿠브가 한 말과 같은 것을 느꼈을 것이다. 현대 의학의 아버지 히포크라테스는 이미 2,400년 전에 이 진리를 파악하고 있었다. 그는 약물 남용에 대해 경고를 했고, 어떤 약도 한 발 한 발 걷는 것의 광범위한 효과에 비할 수 없다고 강조했다. "인간에게 최고의 약은 걷기다." 나는 걷기가 인류의 건강에 있어 지금껏 역사상 소비된 모든 약보다 훨씬 더 의미 있는 역할을 해왔을 거라고 믿는다.

해답

그리스의 철학자 디오게네스Diogenes는 움직임이라는 것이 존재하지 않는다는 주장에 부딪혔을 때, 솔비투르 암불란도Solvitur ambulando, 즉 "걸으면 해결된다"라고 답했다. 소크라테스는 사람들과 대화를 나누며 아테네를 돌아다녔다.

찰스 다윈Charles Darwin은 하루에 두 번 산책했고, 자신만의 '생각하는 길'도 가지고 있었다. 쇠렌 키르케고르Søren Kierkegaard는 소크라테스처럼 거리의 철학자였다. "나는 내 최고의 생각 속으로 걸어 들어간다"라고 표현했던 것처럼 그는 코펜하겐 시내를 걸으며 사람들에게 질문을 던지고, 답을 듣고 나서도 혼자 걷기를 계속했다. 그러고는 좀처럼 다른 사람의 출입을 허락하지 않는 자신의 집으로 돌아가 거리에서 받은 인상을 글로 적어 놓곤 했다.

알베르트 아인슈타인Albert Einstein은 일에 좌절할 때마다 프린스턴을 둘러싼 숲속으로 도망쳤고, 스티브 잡스Steve Jobs는 아이디어를 확장하고 싶을 때 동료들과 함께 산책했다. 스티브 잡스 이전에도 실리콘밸리의 많은 이가 비슷한 목적으로 산책 중 회의를 했다. 분명 효과가 있는 방법이다. 자주는 아니지만 내 사무실 동료들도 그렇게 하곤 한다. 헨리 데이비드 소로Henry David Thoreau는 "다리가 움직이기 시작하면 생각도 흐르기 시작한다"라고 말하기도 했지만 사실 우리는 종종 더 급한 다른 문제들에 쉽게 굴복하게 된다.

달리면서도 또렷하게 생각할 수 있는 사람이 있겠지만 나는 좀 더 느린 속도를 선호한다. 걸을 때는 내 생각도 자유로워진다. 온몸에 피가 돌 즈음 걷는 속도를 높이면 몸이 더 많은 산소를 흡수한다. 머리도 맑아진다. 앉아있는 동안 전화벨이 울리면 나는 일어서서 통화 내내 서성거리는 것을 좋아한다. 몇 걸음만 걸어도 기억력과 집중력이 좋아진다.

기분이 안 좋을 때는 산책을 하라. 그래도 기분이 좋아지지 않는다면 또 한 번 밖으로 나가 걸어라. 히포크라테스의 충고다. 이는 모션motion(움직임)과 이모션emotion(감정), 무브move(움직이다)와 무브드moved(감동하다)처럼 우리의 언어에도 반영되어 있다.

걷는 것이 우리의 창의성, 기분, 건강에 어떤 영향을 미치는지 알아보기 위한 연구가 세계 곳곳에서 진행되었다. 다시 말해 우리의 발이 어떻게 우리의 뇌에 영향을 미치는지에 관한(그 반대가 아니다) 연구였다.

2014년 미국 스탠퍼드대학교의 연구원들은 6분에서 15분 사이의 거리를 걷는 사람의 창의력이 같은 시간 동안 앉아있는 다른 사람에 비해 최대 60퍼센트까지 증가했다는 사실을 발견했다. 연구를 이끈 마릴리 오페조Marily Oppezzo는 자신의 지도 교수인 다니엘 슈워츠Daniel Schwartz와의 연구 계기를 이같이 설명했다. "교수님은 브레인스토밍을 하기 위해 학생들과 함께 산책하는 습관을 가지고 있었어요. 그리고 어느 날 그 습관에서 연구 아이디어를 발견한 거죠."

가끔 일하다 보면 뇌가 멈춰버린 듯한 느낌이 들 때가 있다. 일을 계속하기 위해 생각을 정리하려 노력하지만 불가능하다. 벽에 머리를 부딪치는 느낌이다. 이럴 때 나는 밖으로 나가 15분 정도 어슬렁거린다. 가끔은 별 도움이 되지 않는 것 같지만 생각이 자유롭게 흐르면서 나를 괴롭히던 질문에 대한 새로운 해결책이 떠오르기도 한다.

그러나 이러한 효과가 계속해서 이어지지는 않는다. 걷는 동안 그리고 그 후 잠깐은 두 발이 나를 도와주지만 이내 다시 걸어야 할 때가 온다. 단지 걷는 것만으로 스티브 잡스가 될 수 있는 사람은 없을 테지만 많은 연구자가 표현한 것처럼 "새로운 관점이나 아이디어가 필요할 때 걷기로부터 도움을 받을 수 있고, 걸으면 뇌가 자신만의 초합리적 필터를 돌파하게 될 수도 있다.'

권력자

오늘날 세상은 우리가 가능한 한 자주 앉아있도록 설계되어 있다.

앉아있는 행위를 둘러싼 많은 주장이 있다. 앉아있을 때는 우리가 GDP 성장에 좀 더 힘을 써야 한다는 권력자의 욕망, 앉아있지 않을 때는 가능한 한 많이 소비하고 오래 쉬어야 한다는 기업의 욕구와 관련이 있다.

우리의 움직임은 간단하며 효과적이어야 한다. 석기시대에 성인 한 명은 하루 동안 먹고, 도구와 옷을 만들고, 걷는 데 필요한 에너지로 4,000칼로리를 소비했다. 오늘날 선진국에 거주하는 성인 한 명은 하루 동안 식품, 의류, 통신, 교통 등의 상품에 직간접적으로 22만 8,000칼로리를 소비한다. 에너지를 소비하는 일 자체가 아예 업무가 되어 이제는 하루에 몇 걸음 걸을 시간을 따로 내기조차 힘들어졌다.

정부와 사회는 우리가 앉아있을 때 우리를 더 쉽게 통제할 수 있다. 역사는 가만히 앉아있지 않았던, 그리하여 역사의 흐름을 바꾸었던 사람들에 관한 이야기로 가득하다.

걷기는 나라 전체를 변화시킬 수도 있다. 프랑스의 역사를 읽으면 그들의 모든 혁명은 시위자가 도시를 걷는 것에서 시작하는 것처럼 보인다.

간디Gandhi와 그의 추종자들은 발이 초강대국의 무기보다 훨씬 효과적일 수 있다는 것을 증명했다. 사람들은 함께 걸으며 집단 운동을 일으켰다. 간디가 이끌었던 소금 행진The Salt March은 390킬로미터를 걸은 끝에 영국이 소금 독점을 포기하도록 만들었다. 2011년 7월 22일, 노르웨이에서 벌어진 테러 사건의 충격 속에 일어난 오슬로의 장미 행진은 20만 명이 모인 집회였다. 시위자들의 행진은 노동자, 여성 및 소수민족에 대한 더 나은 권리를 얻기 위해 역사 속에서 반복되어온 행위다.

세계 지도자들이 매일 시민들 사이에서 산책해야만 한다면 어떻게 될까? 막강한 권력을 가진 사람에게 이는 성가신 일일 수 있다. 근사한 검은색 세단이 이들을 태우기 위해 기다린다. 권력을 부여받은 사람은 일반 시민의 일상에서 물리적으로 멀리 떨어져 있는 것이다. 키르케고르는 "강도와 특권층은 모두 숨어 지낸다는 점에서 비슷하다"라고 말하기도 했다.

권력자가 자연, 거리 그리고 시민과 거리를 두는 것은 비민주적이다. 노르웨이에서는 다행히도 유력 정치인이 유권자와 함께 걸어 다닌다. 일상 속에서 서로를 마주한다. 정치인도 우리가 쇼핑하는 곳에서 쇼핑을 하고, 같은 커피숍에서 커피를 마신다.

독서, 회의를 하거나 차창 밖 또는 고층 건물 아래를 내려다보는 것으로 많은 정보를 얻을 수 있을지라도 이런 삶은 직접 재료를 구해 요리하고, 가게를 열고, 스마트폰을 확인하고, 사랑하고, 읽고, 대화하고, 생각하는 시민의 삶과는 거리가 있다. 멀리서 보면 세상은 비슷해 보일 수 있지만 정신적인 지도는 더 이상 실제 지형과 일치하지 않는 것이다.

의사 결정자와 그 결정의 영향을 받는 사람 사이의 물리적 거리가 멀수록 의사 결정은 대다수의 사람에게 덜 중요한 의미를 갖게 되는 듯하다.

극복

걷기가 결코 고통스러워서는 안 된다고 믿는 것은 오해다. 물론 유모차를 밀고 가거나 간단한 저녁 산책을 하면서 번민에 빠져야 한다는 뜻은 아니다. 고통은 일단 한번 지나간 후 그 부재를 인식하게 되었을 때 비로소 유익하고 즐거울 수 있다. 어린아이의 부모로서 우리는 크고도 일상적인 기쁨이 노고에서 온다는 것을 배우게 된다. 아이의 기저귀를 갈 때 짜증이 나거나, 매일 밤잠을 자지 못하면서도(아이들이 태어난 후 각각 몇 년간은 내가 미치는 것이 아닐까 하는 생각이 들기도 했다) 동시에 그 아이를 사랑하는 것은 모순이 아니다. 고통과 기쁨은 너무나 깊이 얽혀있어 구별하기 어려울 수 있다. 철학자 아르투르 쇼펜하우어Arthur Schopenhauer는 더 간단히 같은 감정을 표현했다. "오로지 고통과 욕구만이 긍정적으로 느껴진다."

아르네 네스에게 행복은 '정열'(기쁨이나 열정), '고통'과 관련이 있었다. 그는 육체적 고통과 정신적 고통을 구별했다. 수학을 이해하는 철학자로서 그는 자신만의 웰빙 방정식을 고안했다. 방정식을 처음 보았을 때, 나는 그 풀이를 여러 번 읽어야 했다. 매우 단순하면서도 참이었기 때문이었다.

$$W = \frac{G^2}{Pb + Pm}$$

W=웰빙, G=정열, P=통증, b=육체, m=정신

네스는 우리가 원하는 만큼 G가 증가할 수 있다고 강조했다. 이는 방정식에 낙관적인 성질을 부여한다.

이 방정식은 정열이 조금만 증가해도 많은 고통을 가져올 수 있다고 가정한다. 만약 우리가 그 무엇에서도 열정을 느끼지 못한다면 우리는 어떤 불편함을 겪든 웰빙을 경험할 수 없을 것이다. 네스는 '정열'을 증가시키는 것이 고통을 줄이는 것보다 훨씬 가치가 있다는 점을 강조하면서 고통의 의미를 확실히 하고자 했다.

네스의 친구인 페테르 베셀 자페Peter Wessel Zapffe는 〈비극에 대하여On the tragic〉라는 제목의 박사학위 논문에서, 지름길을 택하지 않고 목표를 향해 고군분투하는 데 시간을 쓰는 방식에 대해 다뤘다. 기술적 도움을 지나치게 많이 받는 것은 '인간이 비축한 경험을 무모하게 낭비하는 것'이라고 했다. 꽤 어려운 말이다. 걸어서 등반하지 않고 차나 헬리콥터로 산 정상에 오르는 것은 무의미하다. 아무런 고통이 수반되지 않았다면 정상에 서본 경험은 단지 표면적이기 때문이다. 철학자이기도 한 자페는 위대한 경험을 할 수 있도록 우리가 모든 것을 단순화해야 할 필요가 있다고 생각했다. 그의 기본 개념은 장거리를 걸어본 사람이라면 모두 느껴봤을법한 것으로, '성취'가 반드시 '성취된 것'의 가치와 일치하지는 않는다는 것이다.

날씨가 좋을 때만 산책하거나 바람이 불고 비나 눈이 온다고 실내에만 있는 것은 진정한 삶의 경험을 절반이나 포기하는 것과 마찬가지다.

뉴질랜드의 작가 엘리너 캐튼Eleanor Catton의 아버지는 그녀에게 멋진 조언을 했다. "자연은 비가 오면 더 아름다워 보인다. 그리고 풍경은 관심받을 가치가 있다"라는 것이었다. 캐튼의 아버지는 캐튼이 원했던 것보다 더 많은 산책을 시켰고, 캐튼은 아버지의 조언이 모순적이라고 느꼈다.

영국의 작가 멜리사 해리슨Melissa Harrison이 쓴 책 《비: 영국 날씨에서의 네 번의 산책RAIN: Four Walks in English Weather》에도 비슷한 이야기가 담겨있다. 해리슨의 아버지 역시 딸을 산책에 데리고 다니며 캐튼의 아버지와는 다소 다른 조언을 했다. "극복해야 해!" 피로, 궂은 날씨, 오르막길을 극복하라는 것이었다. 자신처럼 딸들도 야생에서 멋진 것을 경험하기를 바라는 아버지의 마음에서 나온 조언이었다. 편안함은 불편한 경험을 피한다는 것뿐 아니라 많은 좋은 경험을 잃는다는 것 역시 의미하기 때문이다.

긴장감

6년 동안 나는 북극, 남극, 에베레스트산 정상 등으로 긴 여행만 다녔다. 등반도 결국은 산기슭에서 시작해 바위틈으로 옮겨가며 걷는 일이다. 처음 여행을 시작할 때는 스물다섯 살이었고, 서른한 살이 되어서야 짧은 거리를 걷기 시작했다. 이 6년 동안 나는 작은 것을 즐기는 법을 배웠다.

걷는 것은 단순한 기쁨을 즐기는 일이다. 여행 기간이 길수록 가볍게 여행하는 것이 중요하다. 일요일 당일치기 하이킹에 나설 때도 보온병, 약간의 음식, 여분의 스웨터 등 꼭 필요한 물건만 챙긴다. 초콜릿 한 조각이 초코바 한 개보다 더 달콤할 수도 있음을 깨닫는 데 몇 년이 걸렸다.

필요한 모든 물건을 등에 지고 몇 시간, 며칠, 몇 달 동안 여행을 할 때면 나는 늘 자유로운 기분을 느낀다. 내가 원하는 곳 어디서든 먹고 잘 수 있으며, 오전 8시 회의도, 저녁 약속도, 쇼핑하러 갈 필요도 없다. 유일하게 그리워지는 것은 포옹을 받거나 누군가와 나란히 눕는 등의 스킨십이다.

긴 하이킹을 할 때는 많은 습관을 버리게 된다. 실제로 무엇이 필요할지 생각해보는 과정은 즐겁기도 하다. 가져가야만 하는 것, 가져가고 싶은 것 중 하나를 선택하는 일은 위안이 될 수도 있다. 침낭, 여분의 외투, 작은 냄비, 난로, 성냥, 충분한 음식만으로도 얼마나 많은 시간을 버틸 수 있는지 사람들은 종종 과소평가하는 것 같다. 그렇게 적은 물건으로는 살아남을 수 없다고 말하는 사람도 있겠지만 나는 충분히 가능하다고 말할 수 있다.

쉰다섯 해를 살아오는 동안 경험했던 가장 큰 기쁨 중 하나는 외스트마르크카의 숲에서, 그리고 긴 산악 여행 등에서 혹독한 추위를 겪은 후 느꼈던 따뜻함이었다. 극지 탐험가 보우에 오슬란드Børge Ousland는 나와 함께 북극으로 향하던 길에서 "지옥과 천국 사이의 거리는 짧군요"라고 말했다. 온 신경을 갉아먹는 듯한 추위가 마침내 사라지는 느낌은 단연 내가 경험한 최고의 기분이다. 편안한 거실의 따뜻한 벽난로 앞에서 좋은 샴페인을 마셔본 적도 있지만 이런 경험은 과대평가된 면이 있다. 얼음 위에서 얼어붙는 듯한 추위에 시달리다 마시는 따뜻한 술보다 더 기가 막힌 것은 없었다.

걷는 동안 어떤 일이 일어날지 모르는 데서 오는 스릴이 있다. 나는 이것이 건강한 긴장감이라고 생각한다. 우리의 생각은 제한되고, 우리에게 연락하고 싶어 하는 사람들도 우리를 어떻게 찾아야 할지 전혀 모른다. 더 이상 대리 경험을 통해 삶을 사는 일은 없다. 걷는 동안에는 세상을 잊을 수 있다. 과거와 미래도 걷는 동안은 아무 의미가 없어진다.

보우에와 58일에 걸쳐 스키로 북극까지 여행할 때, 우리는 1.2킬로그램 무게의 장비 이외에는 아무것도 가져가지 않았다. 스키 부츠의 밑창이 닳고, 유일하게 가져온 양모 장갑이 헤졌지만 여행 중에 망가진 모든 것은 매일 밤 직접 고쳐서 썼다. 추위와 메마른 공기로 손끝이 갈라졌지만 구멍이 다시 메워질 때까지 실을 안팎으로 당기다 보면 기분이 좋아졌다. 다음 날 다시 멀쩡한 장갑을 끼게 되어 기쁠 뿐만 아니라 물건을 스스로 고치는 데서 만족감이 오기 때문이었다.

우리는 매일 같은 음식을 먹었다. 두 달 동안 먹을 모든 음식을 가지고 다니다 보면 귀리, 동물성 지방, 초콜릿, 건포도, 말린 고기, 우유 등 그램당 가장 많은 열량을 가진 음식에 대해 고민하게 된다. 분유는 특히 많은 에너지를 공급해준다. 처음에는 별맛이 없었지만 날이 가고 몸이 지칠수록 음식은 점점 더 맛이 좋아졌다. 목적지에 도착하기도 전, 음식은 이미 천상의 맛이었다. 여행 막바지에는 너무 배가 고파 가능한 한 포만감을 오래 유지하기 위해 음식을 물에 희석해 먹기도 했다.

우리는 한 사람이 더 많은 양의 음식을 먹는 일을 막기 위해 한 명이 음식을 나누면 다른 한 명이 원하는 부분을 먼저 가져가는 방법을 택했다. 당시 나는 일기에 "굶주림이 고통이 되면서 음식을 나누고 각자의 몫을 선택하는 일은 점점 더 과학에 가까워졌다"라고 썼다.

건포도

북극에 아주 가까이 다다랐을 무렵 잠깐 쉬다가 눈 속에 건포도를 떨어뜨렸다. 두꺼운 장갑을 끼고 있었던 탓에 가방에서 건포도를 꺼내 입으로 넣기가 어려웠고, 그중 하나가 가방에서 미끄러져 땅에 떨어진 것이다. 눈 속에 박힌 건포도는 꺼내기 더 힘들었다. 하지만 너무 배가 고팠던 터라 건포도를 포기할 수는 없었다. 나는 눈 위에 엎드린 다음 혀를 내밀어 건포도를 입에 넣었다. 입술 사이에 닿았다가 이내 입 속으로 굴러들어온 건포도의 감촉과 그 기쁨은 이미 알고 있던 사실 하나를 상기시켰다. 작은 음식 조각까지 즐길 줄 아는 것은 중요하며, 조각이 작으면 작을수록 맛은 더 좋다는 사실.

집으로, 그리고 문명으로 다시 돌아오면 놀라운 속도로 일상에 적응하게 된다. 즐거움은 더 복잡해지고, 덜 강렬해지며, 더 예측 가능해진다. 며칠이 지나면 배가 부르거나, 따뜻하거나, 잘 잤다거나, 다른 사람과 마주치는 등의 감동도 당연하게 받아들여진다. 노르웨이에는 "많이 가지고 있을수록 더 많은 것을 원한다"라는 속담이 있는데, 정확하다. 나는 계속해서 작은 것을 즐기기 위해 노력한다. 내가 거실이 있는 집에 있다는 사실, 가족끼리 오붓하게 시간을 보낼 수 있다는 사실을 소중히 여기며 여행 중 그리워했던 것에 행복해하는 것이다. 하지만 부엌 찬장에 건포도 한 봉지가 있고 냉장고에 좋은 음식이 가득 차있을 때는 건포도 한 개를 음미하는 즐거움이란 조금 이상하게 느껴지기도 한다. 초콜릿 한 조각이 초코바 한 개보다 더 맛있음을 알지만 그래도 초코바 한 개를 통째로 먹게 된다.

산림욕

자연에서 산책하다가 피곤해지면 조용한 곳에 등을 대고 눕는 일이야말로 가장 즐거운 경험이다. 주변에 솟아오른 나무를 올려다보고 긴장을 푸는 일 말이다. 1982년 일본에서는 이 행위에 '숲 목욕'이라는 뜻의 '산림욕'이라는 이름을 붙였다. 신경을 안정시키는 숲 치료라고 할 수 있다.

지난 몇 년 동안 일본 치바대학의 연구원들은 나무가 인간에게 미치는 신체적, 심리적 효과를 연구해왔다. 결과는 놀라울 것 없이 산림욕이 심신의 안정을 가져오며 스트레스와 혈압을 낮춘다는 것이었다. 치바대학 환경보건 및 현장과학센터 소장인 미야자키 요시후미Yoshifumi Miyazaki는 이렇게 말했다. "인간은 자연환경에 어울리게 되어 있습니다."

진정으로 놀라웠던 한 가지 발견은 나무와 함께 보내는 시간이 면역 체계를 강화하고 콜레스테롤 수치를 낮추며 병을 예방하는 역할을 한다는 것이었다. 특정 종류의 나무와 식물은 자신을 박테리아와 곤충으로부터 보호하기 위해 '식물에 의해 몰살된'이라는 뜻의 기름 물질인 피톤치드를 방출한다. 이 식물 주변에서 시간을 보내면 사람 역시 피톤치드로부터 긍정적인 영향을 받게 되는 동시에 새소리, 신선한 공기의 냄새, 녹색 풍경 그리고 나무, 식물, 이끼, 풀 등에 대한 친밀감, 나무 열매와 버섯의 맛 등 오감을 만족할 수 있는 경험을 하게 된다. 이 연구를 비롯해 일본의 다른 연구들을 바탕으로 지금까지 여러 가지 치료법이 개발되어 왔다.

헨리 데이비드 소로는 '산림욕'이라는 표현이 만들어지기 151년 전 그의 책 《걷기의 유혹Walking》에서 "적어도 하루 네 시간 이상 산책하며 숲, 언덕과 들판을 누비고 세속적인 일로부터 완전히 자유로워지는 시간을 갖지 않으면 몸과 마음의 건강을 유지할 수 없다고 생각한다"라고 썼다. "마침내 내 짝을 찾았다. 나는 참나무와 사랑에 빠졌다"라며, 심지어 참나무와 사랑에 빠졌다고 말하기도 했다. 탁월한 선택이다. 나 역시 나무 하나를 고른다면 참나무일 것이다. 소로는 나무와 산책에 대한 자신의 생각에 강한 확신이 있었고, 걷지 않는 모든 사람을 통틀어 "오래전에 다들 자살하지 않았다는 사실에 점수를 주고 싶다"라고 쓰기도 했다.

바이에른의 여인들

미셸 드 몽테뉴Michel de Montaigne는 독일 왕 콘라트 3세Kaiser Conrad III에 얽힌 아름다운 이야기를 썼다. 1140년, 콘라트 3세는 점점 세력이 커져가는 벨프welf 가문의 영지 바이에른을 포위했다. 그는 어떠한 자비 없이 벨프와 그의 부하들을 모두 죽일 생각이었고, 그 도시의 여자들만 살려둘 예정이었다. 여자들은 등에 질 수 있을 만큼만 짐을 챙겨 집을 떠나도록 허락받았다. 여자들은 '분노에 사로잡혀 그들의 남편과 아이들을 등에 업기로' 했다. 바이에른 공작도 이렇게 밖으로 옮겨졌다. 콘라트 3세는 남편과 아이들을 등에 업고 가는 여자들의 모습에 큰 감명을 받아 "기쁨의 눈물을 흘렸고, 극도의 증오심마저 사라졌다"라고 한다.

나는 이런 이야기를 좋아한다. 앞으로 일어날 수 있는 모든 일을 생각하게 해주기 때문이다. 포위된 마을에서 바이에른의 여인들이 사랑하는 사람들을 등에 업은 채 몸을 숙이고 짧은 걸음으로 적을 향해 걸어가는 장면을 상상해본다. 매일 일어나는 작은 기적과 같이 이렇게 아주 작은 것이 나를 매료시킨다.

해소

나는 문제가 생겼을 때 걸음으로써 해결한다. 모두는 아니지만 가능한 한 많은 문제를 그렇게 해결한다. 우리 모두 그렇지 않은가? 문제는 걷다 보면 희미해지기도 한다. 한 시간 안에 혹은 며칠 안에 사라질 수도 있고, 내가 생각했던 것만큼 큰 문제가 아니었을 수도 있다. 사실 그런 경우가 많다. 내가 문제라고 생각했던 것, 내 속을 휘저어 놓았던 것이 어느 정도 거리를 두고 보면 그렇게 골치 아프거나 중요하지 않은 문제가 될 때도 있다.

걸을 때는 발밑으로 사라졌다가 집에 돌아오면 다시 떠오르는 문제도 있다. 걷고 난 후에는 문제가 다른 시각으로 보이곤 한다. 캐슬린 루니Kathleen Rooney의 소설 《릴리안 박스피시 산책하다Lillian Boxfish Takes a Walk》에서 주인공이 했던 경험에 공감하기도 한다. "인도로 걸으면 풀리지 않던 문제들의 새로운 길이 보인다. 간판의 문구, 다른 사람들의 대화, 내 두 발의 리듬 등은 늘 도움이 된다." 심각한 개인적 문제로 허우적대는 사람은 걷지 않는 사람들이다. 어쩌면 내가 그런 사람만 알고 있는지도 모른다. 물론 걷기만 해서는 해결되지 않는 큰 문제도 있지만 대부분은 다리가 풀리며 엔도르핀이 돌고 스트레스가 해소되면 멀리 떨쳐버릴 수 있다.

1990년, 보우에와 북극에 갈 준비를 하던 중에 우리는 몇 주 동안 캐나다 북극권 지역의 작은 마을 이칼루이트에 머물며 장비를 점검했다.

여기서 나는 중요한 이누이트 전통에 대해 배웠다. 감정을 주체할 수 없을 만큼 화가 나면 이누이트들은 집을 떠나 분노가 사라질 때까지 일직선으로 걷다가 화가 누그러진 지점에 막대기를 꽂아 표시한다고 한다. 이런 방법으로 분노의 길이 혹은 강도가 측정된다. 화가 날 때(파충류의 뇌가 우리의 결정을 지배할 때) 할 수 있는 가장 합리적인 행동은 분노의 대상에서 떨어져 나와 걷는 것이다.

이칼루이트를 방문한 뒤 20년이 지나 나는 도시 탐험가 스티브 던컨Steve Duncan과 함께 지하를 포함한 뉴욕의 전역을 탐험하기로 했다. 우리는 이 도시의 하수도, 기찻길, 강물, 지하철 터널을 따라 걷고 싶었다. 브롱크스, 맨해튼 북부, 브루클린, 퀸스에서부터 대서양을 향해 걸었다. 탐험의 동기는 물론 모험 정신이었지만, 역설적으로 오물과 하수에서 내면을 정화하고 카타르시스를 얻고 싶기도 했다. 떠날 당시 내 가정생활은 엉망진창이었다. 아내와 헤어지기 직전이었고, 이 문제는 내 몸까지 아프게 했다.

나는 순례 여행을 하고 싶었다. 고통을 겪으며 목표를 향해 걷고 싶었고, 며칠 동안 친숙한 환경에서 멀리 떨어지고 싶었다. 내 여행은 굶주림을 겪거나 강도를 만나고 포로로 잡힐 가능성이 큰 중세 시대의 순례처럼 위험하지는 않았다. 하지만 여전히 영적인 여정이었다.

내 꿈의 여정인 산티아고 데 콤포스텔라(흔히 '산티아고 순례길'로 잘 알려진 순례길의 목적지_옮긴이)로 가는 길이나 카일라스산(티베트에서 신령하다 여겨지는 산_옮긴이) 주변처럼 일반적인 순례길은 아니었다. 친구들은 뉴욕이 최적의 순례지는 아닌 것 같다고 했지만 나는 말 그대로 오물로 뛰어드는 것이 어쩌면 내게 필요한 일이라고 생각했다. 내 문제가 조금은 덜 중요하게 여겨질지도 몰랐다.

우리는 242번가와 브로드웨이에서 출발했다. 도시의 전설적인 터널망을 나흘간 드나든 끝에 스티브와 나는 소호에 도착했고, 새벽 3시 30분, 그린 스트리트 한가운데에 있는 맨홀 뚜껑을 열었다. 지나가는 차에 세게 눌리지 않은 맨홀 뚜껑은 놀라울 정도로 느슨하다. 우리는 몸을 숙여 아래로 내려갔고, 나는 뚜껑을 머리 위로 닫았다. 작게 쿵 소리가 나며 뚜껑이 제자리에 떨어졌다.

어둠이 우리를 집어삼켰다. 우리가 땅 밑으로 미끄러져 내려오는 것을 경찰이 보지 못했다는 데 안도했다. 우리는 손전등과 공기 질 모니터를 켰다. 하수도에는 여러 가지 위험이 존재한다. 유독하며 폭발 위험이 있는 가스(특히 황화수소 H2S가 대표적이다. '늪 가스'로도 불리는데, 정체된 웅덩이에서 생기기 때문이다), 침수, 감염 등은 하수도의 주요 위험 요소들이다. 하수 역시 절대로 믿을 수 없다.

지하 터널의 황폐한 건축물은 살아있는 유기체다. 터널은 만들어지고 확장되며, 길이 변경되고, 새로운 토대가 세워지고, 새로운 파이프 시스템이 오래된 파이프에 연결될 뿐 아니라 지하의 지형도 지속적으로 변경된다. 이 모든 것은 지상에 있는 사람들이 전혀 모르는 상태에서 일어난다.

스티브는 몸을 최대한으로 웅크린 채 커낼 스트리트로 걸었다. 터널은 높이와 너비가 각각 90센티미터 정도밖에 되지 않았고, 시멘트로 만들어져 있었다. 나는 그의 뒤를 따랐다. 화장지 한 줄, 작은 흙덩어리, 정체불명의 물체들과 콘돔 등이 내리막길을 따라 같은 방향으로 흘러가며 졸졸거리는 소리를 냈다. 헤드램프의 방향을 낮추며 나는 소호 사람들이 브롱크스 사람들보다 화장지를 더 많이 쓰는 것 같다고 생각했다.

커낼 스트리트에 가까워지며 터널은 더 낮고 넓어졌다. 우리 둘 다 하수도 터널의 높이가 40센티미터로 줄어들 거라고는 예상하지 못했다. 나는 단단한 시멘트를 향해 몸을 숙이고, 팔뚝과 무릎을 땅에 댄 채 네 발로 기어갔다. 냄새가 코를 훅 찌르고 들어왔지만 아이들 기저귀를 갈아줄 때보다 심하지는 않았다. 터널의 높이는 더 낮아졌고 나는 완전히 바닥에 누워 꿈틀거리며 움직일 수밖에 없었다. 지상의 공기는 건조하고 신선했지만 이곳의 공기는 습했고, 하수에서 뿜어내는 온기가 얼굴로 밀려들었다.

한 무리의 바퀴벌레가 벽을 뒤덮었다. 전 세계를 돌아다니며 본 바퀴벌레와 똑같아 보여 일반적인 잔날개바퀴가 아닐까 하고 생각했다. 나는 과거를 떠올려보며 생존을 위한 그들의 희귀한 재능, 그러나 전혀 변하지 않는 겉모습 등을 생각했다. 지구에서 2억 5,000만 년을 생존해왔지만 바퀴벌레는 여전히 원시 곤충의 모습으로 남아있다.

걸쭉한 액체 덕분에 가슴과 등이 미끄러지듯 움직였다. 장갑, 모자, 재킷은 끈적끈적한 점액으로 뒤덮여 있었다. 우리가 움직인 거리는 짧았지만 하수구의 시간은 다른 리듬으로 움직인다. 다른 탐험을 하며 경험했던 것이나 매우 사랑하는 사람과 함께 있을 때의 느낌처럼 시간은 중요하지 않다. 이 순간에는 시간이 아주 빨리 혹은 아주 천천히 흐르는 듯한 느낌이다.

나는 걸음을 멈추고 고개를 들어 터널을 내려다봤다. 우리 앞에 무엇이 기다리고 있을까? 정말 오랜만에 나는 스스로 질문을 던졌다. 나는 여기서 뭘 하는 것일까?

물론 이 질문은 더 일찍 했어야 했다. 모두가 자주 궁금해해야 할 질문이다. 하지만 현재의 환경이 이 탐험을 시작하기 전 나의 정신적, 감정적 상태를 반영하고 있다고 해도 하수구는 철학적 사유를 하기에 좋은 장소는 아니다. 집에 돌아가서도 결국 내 문제는 사라지지 않았다. 사실 너무 큰 문제라 걷는 것으로는 벗어날 수 없었다. 잠깐 문제와 거리를 둔 것이 전부였다.

어쩌면 그 여정은 다른 곳에 있고 싶은 욕망뿐 아니라 다른 '사람'이 되고 싶은 욕망이었는지 모르겠다. 더러운 옷차림으로 필요한 모든 물건을 등에 지고 지하로 사라져 언제 무슨 일이 일어날지 모른 채 걷는 일은 집 안에 머무를 때와 완전히 달랐다. 평범한 것은 하나도 없었다. 누군가를 만나러 가는 길과도 전혀 달랐다.

아스팔트 길 아래에서는 휴대전화 신호가 잡히지 않았다. 다음 날 어디서 자게 될지도 알 수 없었다. 나는 세상이 눈으로 보는 것과는 다르다고 생각하기 시작했다. 세상은 우리의 상태에 따라 달리 보인다.

쇠렌 키르케고르는 모든 인간이 "갈림길에 서있다"라고 했다. 우리가 하는 일 하나하나가 우리 경험과 존재를 벗어나는 것이라는 생각은 가혹하기도 하다. 심지어 사무실로 출근하며 인도 가장자리에서 균형을 잡거나 지나치는 사람들의 생각을 추측해보거나 잠시 멈춰 거지에게 돈을 주거나 슬퍼 보이는 사람에게 미소를 짓는 등 겉보기에는 사소한 것조차도 세상을 바꿀 수 있다. 1847년, 거리의 철학자 키르케고르가 조카 헨리엣 룬Henriette Lund에게 쓴 것처럼 내딛는 한 걸음 한 걸음마다 무슨 일이든 일어난다.

"무엇보다도 걷고 싶다는 욕구를 잃지 마라. 나는 매일 걸으며 스스로 평안함에 빠져들고 모든 병에서는 멀어진다. ……그리고 나는 걸어서 해결할 수 없을 만큼 심각한 문제는 없다는 것을 안다." 좋은 충고지만 동시에 걷는 것으로 비통함에서 벗어나기란 매우 어렵다는 것을 나는 경험으로 알고 있다. 키르케고르 역시 같은 경험을 했다. 그는 레기네 올슨Regine Olsen과의 파혼을 결코 극복하지 못했다. 파혼은 그가 먼저 제안한 것이었지만 두 사람이 헤어지고 10년 동안 그는 올슨과 마주치기를 희망하며 거의 스토커처럼 그녀가 지나다닐 법한 모든 거리를 걸어 다녔다고 한다.

안타깝게도 그의 충고는 헨리엣 룬에게 큰 영향을 미치지 못했다. 키르케고르는 자신의 조카가 산책은커녕 건강이 매우 나빠 침대에서 일어나지도 못한다는 것을 잊은 듯하다.

산책이 몇 시간, 혹은 며칠 동안 계속되면 30분만 걸을 때와는 다른 성격을 띠게 된다. 외부의 자극에 덜 의존하게 되고, 다른 사람의 기대에서 멀어지게 되며, 걸음걸이는 좀 더 우리 내면의 특징을 보이게 된다. 열흘간 홀로 남극을 향해 걸은 후 나는 열한 번째 날 일기에 이렇게 썼다. "이 삶에 내가 존재한다는 느낌이 집에 있을 때보다 훨씬 강렬하다. 외로움은 목표에 관한 생각, 자연과 하나가 되는 듯한 느낌으로 보상받는다." 스티브와 나는 뉴욕 지하를 탐험하는 동안 가끔 대화를 나눴지만 대부분은 침묵 속에서 걸었다. 뉴욕에서는 워낙 다양한 소음이 섞여있어, 시간이 흐른 뒤에는 거의 신경 쓰이지 않을 정도였다. 반대로 남극으로 가는 길은 침묵으로 가득 차있어서 침묵조차도 듣고 느낄 수 있었다. 남극의 침묵은 뉴욕 지하의 모든 소음을 합친 것보다 더 강력했지만 중요한 것은 극지 트레킹과 도시 탐험의 유사점이었다. 일상의 문제는 집에 남겨두고, 걸으면서 평화를 찾고, 주변 환경의 일부가 되며, 한 번에 한 걸음씩 내딛는 것에 만족하는 여정들이었다.

나는 우리의 많은 부분이 문화에 의해 결정된다고 믿는다. 만약 내가 하와이의 섬에서 태어났다면 나는 문제에서 벗어나는 방법으로 걷기 대신 서핑을 더 선호했을지도 모른다. 내가 만약 선Zen을 수행하는 가정에서 자랐다면 나는 다리를 꼬고 앉아 조용히 깊은 생각에 잠기는 참선zazen을 택했을 것이다. 부에노스아이레스에서였다면 걷기의 다른 형태라고 할 수 있는 탱고를 췄을지도 모른다. 나는 서핑도 해보고,

춤도 춰보고, 다리를 꼬고 앉아도 봤지만 노르웨이 사람으로서는 걷는 것이 가장 자연스러운 방법이었다. 특별한 기술을 배울 필요가 없다는 사실도 도움이 되었다. 내가 늘 해왔던 일이기 때문이다.

경험의 방식

1993년 가을, 나는 친구와 함께 스위스 알프스를 걸었다. 태양은 이글거렸고, 우리는 지친 데다 온몸에서는 땀이 뚝뚝 떨어지고 있었다. 작은 호수에 도착하자마자 친구는 바로 물속에 뛰어들었다. 나도 똑같이 뛰어들었는데, 바닥에 머리를 세게 부딪친 탓에 땅 위로 겨우 올라갈 수 있었다. 나를 처음 살펴본 의사는 내 목이 부러졌을 것이라 생각해 다른 병원으로 나를 이송해줄 응급 의료 헬기를 불렀다. 그날 밤이 지나서야 목이 부러지지는 않았다는 것이 확인되었지만 나는 다시 걸을 수 있을 때까지 침대에 누워 있어야 했다.

일주일이 지난 후, 나는 예전보다 다리와 팔이 뻣뻣해지고 호흡이 가빠졌음을 느낄 수 있었다. 변화가 이렇게 빨리 일어난다니 놀라웠다. 하지만 그 후 이런 변화가 일반적이라는 사실을 알게 되었다. 1966년 '댈러스 침대 휴식, 훈련 연구 Dallas Bed Rest and Training Study'에서는 다섯 명의 건강한 20세 지원자들을 대상으로 침대에서 안정을 취하도록 했다. 3주 후 정리된 연구 결과에서 연구원들은 이 젊은 사람들의 근육과 호흡 능력이 60세 수준으로 떨어졌다고 밝혔다.

침대에 누워있는 동안 다시는 걸을 수 없다면 어떨지를 계속 생각해봤다. 가장 처음으로 충격, 그다음으로 슬픔을 겪고 나면 앞으로 살아가야 할 세월만이 남을 것이다. 시간이 지나면 이런 새로운 상태에 적응하게 될 거라는 생각이 들었다. 어쩌면 다른 것들에 익숙해지고 감사해하며 세상을 다르게 보기 시작할지도 모른다. 하지만 나는 곧 내가 걷지 못한다는 것에 대해 전혀 이해하지 못하고 있다는 사실을 깨달았다.

노르웨이의 작가 얀 그루Jan Grue는 먼 거리를 이동할 때 온전히 휠체어에 의지해야 한다. 그루는 교수이자 장애와 질병의 우선순위를 연구하는 연구자이기도 하다. 나는 내 질문에 답을 얻기 위해 그를 만나러 갔다. 우리는 그가 사는 그루네르뢰카 근처에서 만났고, 나는 그가 마요르스투엔으로 치과

치료를 받으러 가는 길에 동행했다.

그루는 여덟 살경 휠체어 사용법을 처음 배우는 것이 어려웠다고 말했다. "배우는 내내 실수의 연속이었고 저는 계속 사과나무에 부딪히곤 했죠. 하지만 몇 달이 지난 후 드디어 완벽하게 적응할 수 있게 되었고, 몇 년이 지나자 휠체어가 제 신체 외부에 있는 기구라는 생각이 거의 들지 않게 되었어요. 저와 한 몸처럼 느껴지기 시작한 거죠." 그루에게 자기결정과 자율성은 가장 중요한 요소다. 전동 휠체어의 사용법을 배우고 익숙해진 후, 그는 원할 때마다 자유롭게 이동할 수 있게 되었다. 비슬레의 원형 교차로를 건너던 중 높은 도로 경계석, 급히 달리는 버스 등과 마주치기 전까지는 그가 직면하는 한계에 대해 생각해볼 기회도 없을 정도였다.

마요르스투엔으로 돌아와 작별 인사를 하기 직전, 그루는 그의 열 달 된 아들 알렉산데르가 막 걷는 법을 배우기 시작했다고 말했다. 그는 아들이 처음 걸음을 떼던 순간, 그리고 아들이 세상을 알아가면서 새로운 방식으로 '세상에 존재하며' 느낄 강렬한 기쁨에 관해 이야기했다. "조심스럽게 발을 내딛는 아이든 자유롭게 움직일 수 있게 된 휠체어 사용자든 걸어 다니는 사람이든 우리의 신체는 나름의 방식으로 기쁨을 경험하죠. 본질은 우리가 이 세상에서 하는 경험이에요. 어떤 방식으로든 말이죠."

기적

앤드루 바스타우로스Andrew Bastawrous는 영국에서 자라던 십대 시절, 아주 간단한 의학적 도움을 받지 못해 시력을 잃게 된 사람들에 대한 기사를 우연히 접한 후 안과 의사가 되기로 마음먹었다. 15년이 지난 지금, 그는 이동 진료소 차량을 직접 운전해 동아프리카 전역의 마을을 돌며 도움을 제공하고 있다.

어느 늦은 오후, 앤드루와 동료들이 케냐 시골 마을에서 긴 하루를 보낸 후 진료소의 문을 닫으려고 할 때였다. 마리아라는 이름의 서른다섯 살 시각장애인 여성이 생후 6개월 된 아이를 안고 도착했다. 마리아의 첫인상을 앤드루는 다음과 같이 기억했다. "눈을 보지 않고 그녀가 걷는 방식만 봐도 시각 장애가 있다는 것을 분명히 알 수 있었어요. 새로운 환경에 놓였을 때 안전하게 움직이기 위해서 모든 감각을 동원해 걷는, 탐색하는 듯한 특정한 걸음걸이가 있죠."

이동 진료소 차량이 옆 마을에 단 하루 머무를 거라는 소문을 듣고 마리아는 새벽부터 걷기 시작했다. 그녀는 한 번도 차가 다니는 길을 혼자 건넌 적이 없었다. 마리아는 앤드루에게 그것이 '끔찍한 경험'이었다고 말했다. 그녀는 배달 트럭, 자동차, 오토바이가 옆으로 쌩 지나가는 소리뿐 아니라 기압 변화까지 느낄 수 있었다. 잠시 서서 누군가가 길을 건널 수 있도록 도와주기를 기다렸지만 아무도 오지 않았다.

길이 조용해지자 마리아는 조심스럽게 걸음을 옮겼다. 길을 거의 다 건넜을 때 오른쪽에서 차가 달려왔다. 경적 소리에 그녀는 가슴에 안고 있던 아기를 꼭 붙잡고 몸을 앞으로 던졌다. 발밑의 풀을 느꼈을 때 그녀는 자신이 길을 성공적으로 건넜으며 자신과 아이 모두 일단은 안전하다는 것을 알 수 있었다. 그 후 간신히 진료소를 찾을 때까지는 '희미함, 걷기, 넘어지기, 기어가기, 도움 청하기'의 연속이었다. 아이는 울었고, 마리아는 두려웠다.

앤드루의 동료가 그녀의 양쪽 눈에 백내장이 왔다고 진단

했다. 다음 날 아침 수술이 진행되었고, 바로 그날부터 마리아는 두 눈을 사용할 수 있게 되었다. 아이를 한 번도 본 적 없던 마리아는 누운 채 딸의 미소와 모든 움직임을 살피며 포옹하기를 반복했다.

마리아는 다른 자녀들과 남편을 두 눈으로 보기 위해 집으로 돌아가고 싶어 했지만 돌아가는 길을 몰랐다. 가족이 사는 농장 근처 도로의 도랑에 흰색 표지판이 세워져 있다는 이야기는 들었지만 주소가 없는 곳이었다.

앤드루의 동료들은 그녀를 차에 태워 흰 표지판을 찾아다녔으나 성공하지 못했다. 마리아는 발을 통해 길을 봐왔기 때문에 걸을 때는 길을 찾을 수 있어도 차 안에서는 그러지 못하는 듯했다. 도로는 곧 오솔길로 변해 다들 어쩔 수 없이 차에서 내려야 했다. 마리아는 걸으며 집으로 가는 길을 찾기 시작했다.

저 멀리 강에서 아이 몇몇이 놀고 있었다. 마리아는 그들을 지켜보며 말했다. "누가 제 아이죠?"

순간 아이들이 엄마를 보고 벌떡 일어나 마리아에게 달려왔다. 그녀는 아이들을 안으며 다시 말했다. "남편은 어디 있죠?" 모두가 주위를 둘러보는데 갑자기 한 남자가 "마리아!" 하고 소리쳤다. 그녀의 남편이었다. 반짝이는 그의 눈과 걸음걸이가 행복을 내뿜고 있었다. 아내는 처음으로 남편을 두 눈으로 볼 수 있었다. 전날 그녀가 걸었던 몇 걸음이 만들어 낸 기적이었다.

목적

몇 시간이면 쉽게 날아갈 수 있는 목적지를 향해 몇 달 동안 120킬로그램의 음식, 연료에 잠자리까지 짊어지고 가는 것은 무의미해 보일 수도 있다. 따뜻한 집 안의 침대에서 파트너와 함께 일어날 수도 있는데 섭씨 영하 40도의 기온에서 일어나는 일, 리프트 의자에 편히 앉아갈 수 있는데 정상까지 등반을 하는 일도 마찬가지다.

산악인 조지 말로리George Mallory는 에베레스트산 정복에 왜 계속 도전하느냐는 질문을 받았을 때 "산이 거기 있으니까요"라는 전설적인 대답을 남겼다. 좋은 대답이었다고 생각한다. 왜 그가 세계에서 가장 높은 산의 정상에 오르기를 원했는지는 알 수 없지만 말로리라는 한 인간에 대해서는 무언가

말해주는 대답이다.

나는 말로리가 그만의 방식으로 우리가 삶에서 진정으로 '해야 하는' 일은 거의 없다는 것을 말하고자 했다 생각한다. 누구도 에베레스트산에 등반'해야 할' 필요는 없다. '하면 좋다'거나 '할 수 있다'라고 할만한 일들은 많지만 우리가 실제로 '해야만' 하는 일이란 거의 없다. 산책을 오래 하면 좋다. 집에 있는 것도 역시 좋다. 하지만 너무 쉽게 얻을 수 있는 것이 있다면 그 기쁨은 빠르게 사라진다. 얼어붙을 듯 낮은 기온, 바람, 가파른 비탈 등의 대가가 있어야 한다. 우리는 올바른 방향으로 나아가기 위한 고통 속에서 흥분을 느낄 수 있다. 주어진 지점까지 도달하기 위해 앞으로 나아가는 것, 혹한에 몸이 얼어붙었다가 녹으면서 따뜻함을 다시 느끼는 것. 한쪽은 티베트를 향해 3,000여 미터, 다른 한쪽은 네팔을 향해 1,600여 미터로 깎아지른 듯한 빙벽으로 이루어진 힐러리 스텝을 향해 걷다 보면 목표에 도달할 수 있을지조차 불확실해진다.

말로리는 또 다른 긴 대답도 했는데, 이 답변은 그의 가장 큰 꿈이 얼마나 무의미한지를 잘 보여준다. "이곳에서 농작

물을 심을 수 있는 땅이라고는 단 한 뼘도 찾을 수 없을 겁니다. 소용없어요. 그러니 이 산에 도전하고픈 인간 내면의 무언가를 이해할 수 없다면, 이 투쟁이 끊임없이 더 높은 곳으로 가고자 하는 삶의 투쟁이라는 것을 이해할 수 없다면, 왜 우리가 그곳에 가는지 이해할 수 없을 겁니다. 모험을 통해 우리가 얻는 것은 그저 순수한 기쁨이에요. 그리고 기쁨은 결국 인생의 목적이죠. 우리는 먹기 위해 살지도, 돈을 벌기 위해 살지도 않습니다. 살기 위해 먹고, 살기 위해 돈을 버는 거죠. 그게 삶의 의미고, 목적이에요." 말로리가 언급하는 기쁨이 매우 짧다는 사실을 받아들이는 것 자체가 하나의 도전과도 같다. 탐험을 끝낸 참가자 누구도 즉시 다른 탐험에 나서기를 원하지 않는다. 또 다른 모험에 대한 열망은 집에서 몇 달, 혹은 1년을 보낸 후 다시 불타오르게 될 것이다. 말로리는 언제나 이런 욕망에 굴복했다.

산 정상에 도달함으로써 얻는 의기양양한 기분도 그리 오래 가지 않는다. 정상에 도착한 후 마침내 멈춰 서서 차를 마시고 나서야 나는 히말라야산맥을 둘러볼 수 있었다. 감동과 함께 목이 메는 것이 느껴졌다. 나는 우뚝 서서 두 팔을 하늘로 뻗었다. 그러나 불과 몇 분 후 그 기쁨은 빠르게 사라졌고 내 머릿속에는 이 질문만 남았다. '도대체 어떻게 다시 내려가지?'

1924년, 조지 말로리는 에베레스트산에서 사망했다. 정상에 오르는 길이었는지 혹은 등정 후 하산하는 길이었는지는 누구도 확실히 알지 못한다. 그는 정상에 남기고 오기 위해 아내 루스(그녀는 언젠가 말로리에게 쓴 편지에서 이런 말을 했다. "나는 세상 그 누구보다도 당신과 함께 늙어가고 싶어요. 당신은 이미 나를 더 나은 사람으로 만들어주었어요.")의 사진을 가져갔는데, 나중에 말로리의 시신이 발견되었을 때 그의 소지품 중 루스의 사진은 없었다. 정상에 두고 왔거나 잃어버렸거나 혹은 가지고 가는 것을 아예 잊었을 수도 있지만 나는 그 사진이 정상에 있을 거라고 상상한다.

낙원

'내가 있는 곳이 바로 낙원이다.' 거실에 앉아 좋은 책을 읽거나 소중한 사람들과 식사를 하거나 혹은 산책을 할 때 드는 생각이다. 물론 이런 온화한 상태는 영원하지 않다. 우리의 주변 환경이 그대로라도 말이다. 불안한 상태가 계속되지 않는 것과 마찬가지다. 감정을 지속하는 일 자체가 우리의 상태에 변화를 일으키기 때문이다. 행복한 느낌은 절대 무한하지 않다. 행복을 유지하기 위해서는 지속해서 행복을 보충해야 한다.

위험한 탐험이란 죽음을 놓고 장난하는 일과 다르지 않다고 현명한 사람들은 말하곤 한다. 왜 그들이 그런 탐험을 무의미하다고 생각하는지 이해할 수 있다. 우리 사회의 풍요로

움과 정반대인 극도의 추위, 굶주림, 불확실성에 자신을 노출하는 것은 터무니없는 일처럼 보일 수 있다. 하지만 탐험은 죽음을 놓고 장난치는 일이 아니다. 오히려 정반대다. 삶을 좀 더 온전하게 사는 방법이다.

나는 걷기 전 위험을 최소화하기 위해 최대한 많은 조치를 취한다. 그런 다음 크레바스를 뛰어넘거나 가시철조망을 두른 담장을 넘어 기차 터널로 들어가고, 일몰을 지켜보거나 굶주린 북극곰과 마주 보고 서서 내 삶에 제대로 존재한다는 느낌에 푹 빠지곤 한다. 다시 한번 말하지만 내가 있는 곳이 바로 낙원이다. 그 순간, 그 장소에서 내 삶만큼 의미 있는 것은 없다. 이런 경험은 무엇과도 바꾸지 않을 것이다.

우리는 강렬한 순간을 경험하고, 그것을 우리 능력으로 극복하는 일이 우리의 생명력을 확인하는 것처럼 느껴지기 때문에 이런 위험을 찾아 나선다. 수십 초가 영원처럼 계속된다. 갈증에 시달리다 개울을 발견하거나 절벽에 매달려 있거나 바위에 앉아 움직이는 구름을 바라볼 때는 오직 현재의 순간만이 중요하다. 현재의 순간과 영원이 반드시 반대되는 개념은 아니다. 시간이 멈추고 현재와 영원을 동시에 경험하는 듯할 때도 있다.

나는 쓰러지기 직전까지 걷는 것을 가장 좋아한다. 그 기쁨, 탈진 그리고 걷기라는 행위의 어리석음이 모두 한데 섞여 더 이상 무엇이 무엇인지 구분할 수 없을 때까지 걷는 것이 좋다. 지금이 몇 시인지도 신경 쓰이지 않고, 머릿속 모든 생각은 사라지며, 나는 물, 돌, 이끼, 꽃, 지평선의 일부가 된다.

지칠 때까지 몰아붙이는 것은 그래야 해서가 아니라 내가 원해서다. 육체적으로 스스로를 무너뜨리는 일은 일상생활에서 벗어난 기분 좋은 전환이다. 집중하는 것과 혼란을 겪는 것은 반대 지점에 있지 않다. 둘 다 항상 다양한 정도로 나타나지만 일단 스스로 한번 완전히 무너지고 나면 혼란의 정도는 약해진다.

산책을 하며 완전히 지치게 되기 전까지는 아이들, 일, 회신해야 하는 메시지 등 너무 많은 생각이 머릿속을 복잡하게 한다. 어느 정도 힘이 빠지면 더 이상 많은 생각을 할 여력이 없어지면서 냄새, 소리, 땅이 내게 더 가까워지는 순간이 온다. 마치 내 감각이 주변 환경에 완전히 열리는 듯한 기분이다. 자연은 변한다. 숲은 몇 시간 사이 새로워진 듯하다. 이끼는 더 이상 단순한 녹색이 아니라 녹색을 띤 다양한 음영으로 보인다. 소크라테스는 나무와는 대화를 나눌 수 없으므로 아테네를 벗어나 걷는 것은 시간 낭비라고 했다. 그가 자연과 소통하려고 하지 않았다는 것은 유감스러운 일이다. 나라면 그 대화 기록을 읽고 싶었을 것이다.

오래 걸을수록 내 몸과 마음은 주변 환경과 비슷해진다. 외부 세계와 내면의 세계가 서로 겹친다. 나는 자연을 '바라보는' 관찰자에서 벗어나며 내 몸 전체가 자연으로 스며든다.

자연과 우리 몸은 산소, 탄소, 질소, 수소 등 같은 요소로 구성되어 있다. 그러므로 신체가 풍경에 따라 역동적으로 변하고 자연과 상호작용 하는 것은 당연한 일이다. 이렇게 되면 모리스 메를로퐁티가 '살아있는 관점lived perspective'이라고 묘사한 현상을 경험하게 된다. 주변 환경과 우리 신체는 공통의 언어를 발견하고, 더 큰 존재로 통합되는 것이다. 이런 감정을 경험하는 방법에는 여러 가지가 있다. 금식, 명상, 약 복용, 기도 등이다. 하지만 내게는 걷기가 그 방법이다.

내가 있는 곳

매일 오후 3시 30분, 짧은 산책을 했던 이마누엘 칸트Immanuel Kant는 《시령자의 꿈Dreams of a Spirit-Seer》이라는 멋진 제목의 책에서 비슷한 이야기(메를로퐁티도 여기에서 영감을 얻었다)를 했다. 영혼이 어느 곳에 존재하는지 설명하려 할 때 우리는 이렇게 말해야 한다는 것이다. "내가 느끼는 곳에 내가 존재한다. 나는 내 손끝에도 존재하며 내 머리에도 존재한다. 내 영혼은 내 몸 전체에 그리고 몸 모든 부분에 온전히 존재하고 있다."

합리론에서의 '내가 걷는 것'은 데카르트 사상의 '내가 생각하는 것'과 연결된다.

긴 여행 도중 추위를 느끼거나 기진맥진해지면 거실에 앉아 책을 읽거나 꽃에 물을 주는 꿈을 꿀 수도 있다. 달콤한 꿈이지만 그렇다고 해서 내가 돌아서는 일은 없을 것이다.

목표

'얼마나 더 가야 해요?' 아마도 내가 가장 자주 했던 질문 중 하나일 것이다. 내가 걷는 법을 배우자마자 어머니, 아버지는 나를 데리고 등산을 다니셨다. 나는 부모님과 조금 떨어져 뒤를 따라 걸으며 이 질문을 했다. 내가 가파른 언덕을 오르면 아버지는 언덕 위에 서서 '하이아heia!'(노르웨이어로 '어서 와!' 정도의 뜻_옮긴이) 하며 나를 응원하시곤 했다. 내가 정상에 오르면 아버지는 돌아서서 계속 걸으셨다. 내 아이들 역시 내가 어렸을 때처럼 이 질문을 자주 한다. 잠시 침묵 속에서 걷다가 멈춰 서서 묻고는 계속 걷다가 다시 묻는다.

목표에 대해 너무 많이 생각하고 자주 묻는 것은 좋지 않다. 나는 부모님과 함께 등산을 하며 행복했다. 아버지가 '하이아!' 하고 소리치실 때마다, 어머니가 오렌지를 나눠주실 때마다 행복감을 느꼈다. 그러나 앞으로 얼마나 더 가야 하는지 궁금해하는 순간, 행복은 사라졌다.

제논의 역설(화살이 활을 떠났더라도 각각의 순간, 한 점에 머무르게 되므로 결국 목적지까지 도달하지 못한다는 그리스 철학자 제논의 주장)처럼 목표에 대해 생각하기 시작하면 절대 끝 지점에 도달하지 못할 것 같다는 느낌이 든다. '나는 절대 산에 오르지 않을 것이다.'

한 걸음

대승불교의 아버지 격인 철학자 나가르주나Nāgārjuna는 '세 가지 시간(트리칼라trikāla)'이란 존재하지 않으며 날조된 것이라고 믿었다. 지나간 것은 이미 끝났으며 아직 지나가지 않은 것은 아직 시작되지 않았다는 것이다. 이 순간 우리의 걷기는 지나간 것과 아직 지나가지 않은 것 사이에 무한히 작은 공간을 구성하고 있으며, 따라서 현재도 존재하지 않는다. 나가르주나는 또한 걷기를 시간의 은유로 사용한다. 과거는 끝났고, 존재하지 않는다. 미래는 아직 시작되지 않았기 때문에 존재하지 않는다. 현재는 단지 과거와 미래 사이의 경계일 뿐이고 그 자체로는 존재할 수 없으므로 역시 존재하지 않는다. 모든 것은 단지 우리가 해석하는 대로 존재하기 때문에 우리는 스스로의 생각을 정리해야 한다. 나는 걸으며 이런 생각을 실험해보길 좋아한다. 세상에서 하는 내 경험을 거꾸로 뒤집어 볼 수 있게 해주기 때문이다.

"미래가 여러 번 올 수 있다고 믿느냐?" 파올로 코녜티Paolo Cognetti의 소설 《여덟 개의 산The Eight Mountains》에서 아버지가 아들에게 묻는다. 함께 이탈리아 알프스산맥을 오르던 중 아버지는 나가르주나와는 다른 방식으로 시간에 대한 의견을 내놓는다. "대답하기 어렵네요." 아들이 답한다. "저 강이 보이지?" 아버지가 말을 잇는다. "물을 시간의 흐름에 대입해 보렴. 강이 우리가 지금 서있는 현재라면 미래는 어디에 있다고 생각하느냐?" 아들은 내가 소설을 읽으며 생각했던 것과 같은 답을 내놓는다. 미래는 두 사람이 서있는 곳에서부터 하류에 있다고, 앞으로 다가올 시간은 계곡 아래로 흐르는 물줄기를 따라간다고 말이다. 아버지는 틀렸다고 퉁명스럽게 대답한다. 소년은 그날 밤 잠이 들기 직전 아버지가 무엇을 말하려고 했는지 이해하기 시작했다. 우리가 서있는 곳이 현재라면 과거는 우리를 지나 저 너머로 흘러간 물이며, 다시는 볼 수 없다. 미래는 위에서부터 흘러오는 물이며, 위험, 기쁨, 놀라움을 가져다준다. 소년은 생각한다. '어떤 운명이 기다리고 있든 그것은 저 산 위, 우리 머리보다 훨씬 높은 곳에 있을 것이다.'

남극을 향해 40일 동안 홀로 걷다가 나는 어렸을 때와 똑같은 실수를 했다. 앞으로 얼마나 더 가야 할지를 머릿속으로 계산하기 시작한 것이다. 하루에 열 시간씩 열흘을 걸으면 총 100시간이 걸릴 것이다. 처음에는 기뻤지만 이내 기분이 바뀌었다. 다음 날 나는 일기에 이렇게 썼다. "남극은 멀리 있는 즐거운 꿈에서 수학적인 위치로 바뀌었다. 이러나저러나 앞으로 더 많은 시간이 남아있다." 나는 몇 시간이나 남았는지를 생각하다 우울해졌다. 내 기분은 주변 자연환경에 대한 경험을 바꾸어 놓았고, 넓은 눈밭은 순식간에 '흰색이 끝없이 펼쳐진 단조로운 곳, 생명이 자리 잡을 에너지는 남아있지 않은 곳'으로 보였다. 나는 불평투성이인 내 모습에 실망했다. 다음 날 늦게서야 부정적인 생각에 더 이상 흔들리지 않을 수 있었다. 목적지로 향하는 즐거움은 되살아났다.

비인간적인 감옥 시스템을 그럭저럭 견뎌낸 장기수는 종종 목표를 향해 가는 극지 탐험가와 같은 감정을 표현한다고 한다. 일단 주어진 오늘을 살아간다는 것이다. 1996년 출판사를 시작하면서도 나는 그리 멀리 내다보지 않았다. 동료들과 함께 최소한의 수익을 얻기 위해 최선을 다했고, 좋은 책을 출판하며 매일 가능한 한 많은 책을 팔기 위해 노력했다. 더 큰 비전을 세우기에는 시간도, 자원도 부족했다. 나는 그동안 수많은 길, 긴 거리를 걸으며 한두 가지쯤 교훈을 얻었다. 그래서 한 번에 한 걸음씩 걸을 수 있었다.

자연

나처럼 걷기를 좋아하는 친구 페르난도 가르시아도리Fernando García-Dory는 스페인의 목양자이자 예술가다. 세계적으로 목양업이 위협받고 있어 최근 몇 년간 그는 양치기를 교육하고 훈련하면서 소명을 다하고자 노력해왔다. 그가 아는 가장 훌륭한 도보 여행은 스페인을 거슬러 북에서 남쪽으로, 혹은 계절에 따라 반대로 이동하는 양 떼의 이동이다. 이 여행은 두 달이나 걸린다. 어느 날 밤 그는 동료와 함께 앉아 바람을 쐬며 인생의 즐거움에 관해 이야기를 나눴는데, 동료가 그에게 말했다. "양들과 함께 걸으면 그들이 걷고, 뛰고, 좋아하는 것을 먹고, 자유롭게 움직이며 더 건강해지고 강해지는 것을 볼 수 있어요. 점점 살이 오르는 양들의 모습을 볼 수 있죠. 수 킬로미터를 걸은 후 피곤한 상태에서 매일 밤 야영 준비를 하면서도 양 떼가 행복한 모습을 보면 저 역시 기분이 좋고 행복하며 편안한 기분이 들어요."

페르난도는 전 세계를 돌며 여러 유목민의 여행에 동행했다. 사하라사막의 유목민족인 투아레그족 사람들에게 행복은 불현듯 나타나는 오아시스에서 발견된다. 그들에게는 욕망과 직업적 목표가 크게 다르지 않다. 페르난도는 여행하며 만나는 모든 사람에게 똑같은 질문을 던졌다. "눈을 감았다 뜨면 20년이 지나 있다고 생각해보세요. 무엇을 보면 행복할 것 같나요?"

아프리카의 삼부루족이든 마사이족이든 인도의 다양한 부족이든 그 대답은 비슷했다. 자신을 가장 행복하게 만드는 것은 양 떼가 건강하고 통통해지는 것이라고 생각했다. 가족이 함께 모여 긴장을 풀고 풍요로운 자연을 즐기는 모습을 상상했다. 이에 페르난도는 "그게 바로 자연과 균형을 이루며 살기 원하는 사람들이 바라는 조화예요. 개개인의 필요에 집중하는 대신 모두의 필요, 즉 공동체의 필요를 생각하는 거죠. 아이들, 나무, 양에 이르기까지 그런 필요를 충족시키는 거예요"라고 말한다.

유목민들의 대답은 우리가 우리 자신보다 더 큰 무언가의 일부라고 느끼고 싶어 하는 갈망을 반영한다. 사회도 물론 충분히 중요하지만 그 이상의 무엇 말이다. 나는 영적인 것이 물질적인 것과 정반대라고 학교에서 배웠지만 숲속에서는 이 두 가지가 같다. 그리고 걷기는 이 두 가지를 모두 반영한다.

조화

주말마다 노르드마르카 숲을 몇 시간씩 걷는다. 어딘가로 가기 위해서가 아니라 그냥 걷는 것이다. 나는 오슬로 블리네른의 우리 집 계단에 앉는다. 문에는 북쪽을 바라보는 창문이 있고, 그 창문을 통해 숲을 살짝 볼 수 있다. 신발장에는 낡은 운동화가 수북이 쌓여있다. 나는 신발이 닳을 때까지 신는다. 표면에 이끼, 뿌리, 흙, 꽃 등이 뒤덮이고 나면 신발의 브랜드, 핏, 밑창 등은 별로 중요하지 않다. 나는 한 켤레를 골라 끈을 묶고 가우스타 들판을 가로질러 숲으로 걸어 들어간다. 이미 다져진 산책로는 되도록 피한다. 한 번에 한 걸음씩 걷는 것은 땅을 사랑하고, 자신을 들여다보고, 영혼과 같은 속도로 몸을 움직이는 것이다.

숲속에 있으면 나 자신이 점점 주변 환경의 일부로 스며드는 것이 느껴진다. 내 몸이 더 이상 내 것이 아닌 느낌이다. 시간이 지나면 나는 풀, 꽃, 나무, 공기와 하나가 된다. 날개를 다친 새나 굶주린 동물을 보면 그들의 고통이 느껴지기도 한다. 한 줄기 햇살이 나뭇잎 사이로 내 얼굴을 어루만지는 것도 작은 기적처럼 느껴진다. 그러고 나면 나는 직장이나 가정 이상으로 더 많은 것을 아우르는 무언가의 일부가 된다. 후자로부터 도망치는 것이 아니라 전자의 일부가 되는 것이다.

남극 대륙에서 홀로 30일을 보낸 후 나는 일기에 이렇게 썼다. "나는 이곳에서보다 사람들이 북적이는 파티에서 더 큰 외로움을 느껴봤다." 사람, 스킨십, 포옹할 누군가를 갈망할 때도 있었지만, 눈과 얼음, 지평선, 추위, 구름과 내가 점점 하나가 되어가며 그 갈망도 줄어들었다. 자연과 진정으로 조화를 이루며 일상을 살아가는 사람들은 이런 느낌을 매일 느낄까? 아마 그럴 것이다. 나는 내가 속한 사회와 내게 주어진 역할을 사랑한다. 하지만 우리는 페르난도가 언급한 경험들을 주목할 필요가 있다고 생각한다. 결국 그런 경험이야말로

수천 년 동안 변하지 않고 계속되어 온 것이니까.

내가 반대 방향으로 도시를 향해 걷는다면 이런 것들을 느끼기가 더 어려울 것이다. 하지만 불가능하지만은 않다. 단지 속도가 더 빨라지고, 기대와 방해 또한 열 배는 더 늘어날 뿐이다. 내가 대도시에서 태어났더라면 아마도 더 잘 이해할 수 있었을지 모르겠다.

일탈

나는 학교가 객관성을 지키기 위해 얼마나 노력했는지를 기억한다. 과제에는 시작과 끝이 있었고, 시험은 점수가 매겨졌으며, 행동에는 규범이 있었다. 하지만 걷기는 다르다. 목표에 도달할 수도 있지만 다음날 계속해서 걸을 수도 있다. 평생 계속해 걸을 수도 있다. 한 방향으로 걸어가다 보면 다시 출발점으로 돌아올 때도 있다.

가능론

자신의 집 침대에서 잠자리에 든 사람이 다음 날 아침 에베레스트산 정상에서 일어나는 것이 가능할까? 아르네 네스와 산책한 후 나는 그게 불가능한 일이 아니라고 말할 수밖에 없게 되었다.

내 기억 속 가장 오래된 불가능한 일은 1969년 7월 20일에 일어났다. 닐 암스트롱Neil Armstrong은 달에서 걸었고 미국은 지구에서 가장 가까운 이 행성에 발자국을 남긴 최초의 국가가 되었다. 달에는 바람이 불지 않으므로 전혀 휩쓸리지 않은 온전한 발자국이었다. 당시 여섯 살이었던 나는 암스트롱을 볼 수 있을 거라는 확신에 달을 보러 밖으로 달려나갔다. 둥둥 떠다니는 듯한 어색한 발걸음을 몇 번 뗀 후 암스트롱은 몸을 돌려 카메라로 '이글The Eagle'(아폴로 11호의 달 착륙선_

옮긴이))에서 내리는 버즈 올드린Buzz Aldrin의 모습을 찍었다. 올드린은 암스트롱이 자신보다 먼저 달에서 걸었다는 사실에 평생 기분 나빠했다. 올드린은 어떤 것이든, 심지어 달을 걷는 것조차도 패배로 기억될 수 있다는 사실을 내게 일깨워 준다.

나는 미국의 우주비행사 캐시 설리번Kathy Sullivan에게 우주 유영을 준비하며 멀리 떨어진 지구를 봤을 때 무슨 생각을 했는지 물었다. "일상생활에서 '지구'라고 하면 우리가 사는 작은 땅덩어리를 생각하죠. 궤도에 도달하면 그 '지구'를 제대로 볼 수 있게 돼요. 하나의 행성, 우리 모두가 사는 하나의 구체 말이죠." 설리번은 순간 지구에 대한 존경심이 커졌다고 했다.

우주에서 걷는 것은 어떤 기분이었을까? "그 순간에 1,000퍼센트 몰입해 있었어요. 마음 한구석에 (그동안 했던 훈련이 아니라) 실제로 우주 유영을 하는 게 얼마나 멋진지에 대한 생각만 아주 희미하게 있었죠."

2000년대 초 나는 아르네 네스와 함께 미크로네시아섬으로 여행을 떠났다. 멀리 바다 한가운데 베니스를 연상케 하는 서태평양의 도시 난마돌이 있었다. 산호초 위에 돌로 기반을 쌓고 목조 건축물을 올려 건설된 도시였다. 이 작업은 600년대경 시작되어 1200년대에 완성되었는데, 프랑스의 노트르담, 캄보디아의 앙코르와트가 세워지던 때와 거의 같은 시기였다. 현재 99개의 인공섬 중 몇 개의 기초가 해수면 위로 돌출되어 있다. 각각 5톤에서 10톤 사이의 검은 현무암이 모여 만들어진 무려 75만 톤의 구조물이다. 이 돌들은 약 20킬로미터 떨어진 채석장에서 가져왔을 가능성이 큰데, 전문가들은 이 바위들이 어떻게 운반되었는지 아직도 알아내지 못했다. 정글을 헤치며 끌고 왔을까? 섬을 직접 가로질러 걸어보려는 시도 끝에 우리는 인간이 어떻게 이 일을 해낼 수 있을까 하는 의문에 빠졌다. 바위들은 카누로 운반되었을까? 아무도 모르는 사실이다.

난마돌의 건설은 오늘날까지 세계 최대의 고고학적 신비 중 하나로 남아있다. 이 섬의 전설에 따르면 용 한 마리가 모든 바위를 채석장에서부터 현장으로 운반한 후에 하나하나 가지런히 바위를 쌓아 만들었다고 한다. 함께 여행했던 고고

학 교수는 그 전설을 듣고 짧은 반응을 보였다. "그건 불가능, 불가능, 전혀 불가능해요." 네스는 생각에 잠긴 듯 교수를 바라보더니 대답했다. "완벽하게 가능한 일이지만 전통적인 우리 방식으로 계산해볼 때 매우 가능성이 희박하다고 해야겠죠. 철학적인 의미의 불가능과 매우 희박한 가능성 사이에는 약간의 차이가 있어요."

가슴으로는 느꼈지만 말로 표현할 수 없었던 무언가를 나 대신 말로 해준 네스가 매우 고마웠다. 모든 것이 가능하다는 주장은 논리적으로 모든 것이 불가능하다는 주장만큼 맞는 이야기일 수 있다. 오랫동안 등반을 할 때 나는 상당한 통제력을 발휘할 수 있지만 절대 완벽한 통제력은 가질 수 없을 것이다. 의심은 기회를 불러오기도 한다. "무언가가 불가능하다고 주장하는 것은 잠정적 작업가설일 뿐이에요." 네스가 말했다. 어떤 변화가 생기면 2 더하기 2는 5가 될 수도 있다. 그는 이런 말을 자주 했고, 이런 사고방식을 '가능론'이라고 부르며 입가에 미소를 띠곤 했다. 네스가 실제로 오슬로 미드스투엔에 있는 자신의 집 침대에서 잠들었다가 에베레스트산 정상에서 깨어날 수 있다고 믿었으리라고는 생각하지 않지만 그는 그것이 완전한 불가능이라고도 생각하지 않았을 것이다.

준비

'하지 마'와 '절대 안 될 거야'는 내가 자라며 자주 들었던 말이다. 때로는 그 말들이 옳았지만(내가 기대했던 것만큼 걷지 못했고, 그때 모든 자기 동기부여 감정 중 가장 바보 같은 감정인 '샤덴프로이데Schadenfreude'(타인의 불행이나 고통을 보며 기뻐하는 감정_옮긴이)를 느끼기도 했다), 일이 잘 풀린 경우도 많았다. 만약 다섯 살짜리 딸에게 달리기를 잘하지 못한다고 말한다면 아이는 평생 그 말을 믿고 살 가능성이 크다.

나는 학교 크로스컨트리 스키 대회에서 가장 뛰어난 참가자인 적이 없었다. 같은 학년 학생들 중 가장 실력이 나쁜 학생이었고 체육 수업에서는 늘 형편없는 성적을 받았다. 지금 와서 내가 스키를 타고 긴 도보 여행을 완수할 수 있었던 두 가지 이유는 내가 준비를 꼼꼼히 했으며 열심히 노력했다는 사실이라는 것을 안다. 지금까지 아무도 혼자서 남극까지 걸어간 적 없었다는 점에서도 약간은 운이 좋았다. 남극까지 가는 것은 생각보다 쉬웠다. 마치 남동생과 내가 오슬로 근처 외스트마르크카 숲에서 길을 잃었다가 빠져나올 수 있었던 것처럼 그저 작은 기적처럼 느껴졌다. "때로는 상상할 수 없는 일들이 우리에게 일어나죠"라던 아르네 네스의 주장이 옳았던 것 같다.

호모 사피엔스

호모 사피엔스는 이족 직립보행을 발명하지 않았다. 오히려 그 반대였다. 우리의 조상인 오스트랄로피테쿠스는 호모 사피엔스가 나타나기 전 이미 200만 년 넘게 걸어오고 있었다. 오늘날 우리가 하는 모든 일, 즉 우리를 다른 종과 구분하는 일은 우리가 걷기 시작하면서부터라고 할 수 있다.

걷는 능력, 한 발을 다른 한 발 앞에 놓을 수 있는 능력이 '우리'를 만들어낸 것이다.

오스트랄로피테쿠스가 두 다리로 곧게 선 순간부터 인류가 달 위를 걷게 될 때까지 그리고 그 이후로 더 시간이 지나 내 딸 솔베이가 걷기를 배우던 날까지 우리를 움직여온 힘은 같다. 우리는 탐험가로 태어났다.

만약 호모 사피엔스가 걸을 줄 아는 종이 아니었다면 우리는 이미 오래전 멸종했을지도 모른다. 아니면 언어를 사용할 줄도 모르는 채 바닥을 기어 다니며 다른 동물들과 다르지 않은 삶을 살았을 것이다.

만약 우리가 덜 걷는다면 우리는 더 이상 걷는다는 사실로 규정되는 종이 아니라 앉아있거나 운전한다는 사실로 규정될 것이다. 영화 〈월-EWALL-E〉(지금으로부터 800년 후가 배경이다)의 캐릭터들과 약간 비슷하다. 의자에 앉은 채 운전하며 돌아다니고, 뚱뚱하고 행복한 상태로 우주선에 타고, 주변 환경에도 무지한 존재들 말이다.

나는 우리를 호모 사피엔스라고 부르기로 한 것이 실수는 아닐까 하고 생각하기 시작했다. '사피엔스'는 '아는, 할 수 있는' 혹은 다른 말로 '현명하거나 영리한'이라는 뜻이다. 스스로 과대평가가 내포되게 지은 이름은 약간 과장된 경향이 있다. '호모 사피엔스'가 지구상의 모든 다른 종보다 훨씬 더 많이 발전해왔으며 우리는 계속해 다른 종보다 우수할 것이라는 이런 생각에 나는 의문이 생긴다.

우리는 '호모 인사피엔스Homo insipiens'라고 불려야 할지도 모른다. '인사피엔스'는 '사피엔스'의 부정형으로, '모르는'이라는 뜻이다. 호모 사피엔스는 일차원적이고 활기가 부족한 느낌이지만 호모 인사피엔스는, 적어도 내게는 우리가 어떤 존재인지를 더 잘 나타내는 광범위한 의미, 우리는 지식을 찾는 존재라는 의미를 가지고 있다.

이 모든 것에 뒤따르는 한 가지 당연한 질문이 있다. 우리가 걷기를 중단하면 현재 우리가 인간으로 간주하는 것과는 다른 존재로 발전할 수 있는가 하는 질문이다.

앉아서 보내는 삶은 덜 육체적이다. 우리는 세상을 다른 방식으로 경험하기 시작할 것이다. 즉 걸을 때만 가능한 방식으로는 절대 세상을 경험하지 못할 것이다(주변 환경을 감지하지도 못할 것이다). 맛, 냄새, 우리가 보고 느끼고 듣는 것은 다른 방식으로 분석될 것이다. 존재는 더 추상적으로 변하며, 〈월-E〉의 캐릭터처럼 서로의 연결이 끊기고 땅과도 접촉하지 않게 될 것이다. 주변 환경을 몸으로 직접 경험하며 신체와 세상의 경계에서 자신과 주변 환경을 이해하게 되는 대신 정신적인 경험을 종교나 감정같이 덜 가시적인 것에서 찾는 것이 더 자연스러워질 것이다.

이게 사실이 될 수도 있을까? 자문자답에 한계를 느낀 나는 노벨 의학상 수상자인 신경학자 에드바르 모세르Edvard Moser에게 편지를 써 우리가 좀 더 추상적인 존재로 진화해나갈 수도 있을지를 물었다. 나는 우리가 세상의 일부라는 것에 대한 이해가 물리적 거리에 대한 것이 아닌, 생각에 대한 것으로 변화할 수 있을지도 물었다. "네, 충분히 말이 되네요." 모세르는 답했다. 그는 우리가 걷기를 멈췄을 때 그 자리를 무엇이 채우느냐에 달려있다는 점을 강조했다. "어린 나이에 걷기를 멈춘다면 살아가면서 그 공백을 메울 수 있을 거예요. 하지만 걷기와 움직임은 탐구의 기초가 되며 탐구는 우리 지성의 기초가 되기도 하죠."

산스크리트어로 걷기는 '시간'에 대한 은유일 뿐 아니라 '알고 있음', 즉 '가티gati'를 나타내기도 한다. 노르웨이어뿐 아니라 영어에도 이런 은유가 존재한다. 노르웨이어로 무언가를 '옌놈고트gjennomgått'한다는 표현이 있는데, 이는 말 그대로 '걸어서 통과하다'라는 의미다. 이 노르웨이어 표현은 영어에서 무언가를 '통과하다, 거치다to go through'라는 표현과 같은 의미로, 경험에서 지식을 얻는다는 의미가 있다. 산스크리트어를 만든 사람들은 특정한 규칙을 만들어 이를 노르웨이어나 영어보다도 더 분명히 표현해냈다. '사르베 가트야르타 냐나르타스 카sarve gatyarthā jñānārthāś ca.' '걷다'를 의미하는 모든 단어는 '안다'라는 의미로도 쓰일 수 있다는 규칙이다.

나는 고대 인도 언어와 노르웨이어가 모두 '걷다'와 '안다'라는 의미를 동일하게 취급한다는 데 놀라지 않는다. 이 단어의 의미 사이 유사성은 전 세계의 오랜 혈연관계, 그리고 곳곳을 여행하며 얻은 경험을 통해 나타난 것이기 때문이다. 정말 멋지다.

걷기는 우리가 지금의 우리 모습이 되는 것을 가능하게 해주었다. 따라서 걷는 일이 줄어든다면 우리는 지금과 다른 무언가가 될지도 모른다.

기억

할아버지의 마지막 걸음은 1945년 2월 9일 아침, 노르웨이 아케르스후스 요새에서 사격부대를 마주한 것이었다. 독일군이 포섭한 노르웨이 나치는 할아버지에게 사형을 선고했다. "이렇게 끝날 줄 알았더라면 더 많은 일을 했을 겁니다." 재판관들이 선고를 낭독하자 할아버지는 이렇게 말씀하셨다. 그는 오슬로에서 변호사로 일하면서 비밀리에 레지스탕스를 위해 일하셨고, 독일어를 유창하게 구사하셨다. 나치는 할아버지가 연루되었다는 어떠한 증거도 찾지 못했지만 그것은 중요하지 않았다. 할아버지는 그날 일찍 자신이 체포되어 처형될 것이라는 소문을 들었지만 만약 도망친다면 나치가 복수를 위해 다른 노르웨이 사람을 잡아들여 처형하리라는 것을 알고 계셨다. 할아버지는 도망쳐 다른 사람을 희생

시킬 생각은 조금도 하지 않으셨고 순순히 체포되셨다. 아마 우리 가족 모두 한 번쯤은 그날 할아버지와 같은 선택을 했을지 아니면 도망쳤을지 스스로 물어봤을 것이다. 이런 질문은 정확히 같은 상황에 놓이기 전까지는 답을 알 수 없다. 할머니는 이 일에서 극복하지 못하셨고 재혼도 하지 않으셨다. 할머니의 슬픔은 그 후 56년 동안 한결같이 몸에 새겨있었다.

할아버지에게는 나처럼 딸이 셋 있었다. 나는 그가 마지막 몇 걸음을 어떻게 걸었을지 상상해보려 노력했다. 총을 들고 기다리던 여덟 명의 노르웨이 나치는 처형장을 향해 마지막 걸음을 옮기는 한 남자의 모습을 보며 행복했을까? 할아버지를 조롱했을까? 할아버지는 당당하게 걸으며 그들에게 군중 전체를 죽일 수 있어도 영원히 헛된 싸움이 될 거라는 것을 보여주셨을까?

남극으로 걸어간 산책자

초판 1쇄 발행 2020년 1월 25일

지은이 엘링 카게
옮긴이 김지혜

펴낸이 김한청
기획편집 원경은 이한경 박윤아 이건진 차언조 이슬
마케팅 최원준 최지애 설채린
디자인 이성아

펴낸곳 도서출판 다른
출판등록 2004년 9월 2일 제2013-000194호
주소 서울시 마포구 동교로27길 3-12 N빌딩 2층
전화 02-3143-6478 팩스 02-3143-6479 이메일 khc15968@hanmail.net
블로그 blog.naver.com/darun_pub 페이스북 /darunpublishers

ISBN 979-11-5633-276-3 03850